D+

dear+ novel

Tomodachija iyananda・・・・・・・・・・・・・・・

友達じゃいやなんだ

小林典雅

新書館ディアプラス文庫

友達じゃいやなんだ

contents

illustration：みずかねりょう

友達じゃいやなんだ

tomodachija iyananda

「よし、ＯＫ」

急いで推敲《すいこう》した初稿《しょこう》を編集部に送信し、「はー、間に合ったー」と汐入佳人《しおいりよしと》は両腕を上げて伸びをする。

いま納品《のうひん》したのは元気なシニア女性向けの情報誌『はつらつＷＯＭＥＮ』から発注された「いまから始める終活《しゅうかつ》準備～生前整理の一〇のコツ」という小特集記事だった。

佳人はフリーランスのライターで、クライアントから指定されたテーマをジャンルを問わず引き受け、稿料《こうりょう》はページ単価なら平均二万、文字単価なら一字七円で、贅沢《ぜいたく》をしなければそこそこ食べていける程度の収入を得ている。

去年まで社員五人の編集プロダクションに勤めていたが、大手出版社の下請《したう》けでビジネス書やガイドブック、付録付きムック本など常に複数の納期に追われ、毎週事務所に寝泊まりするような日々だった。

仕事自体は好きだったが、三箇日《さんがにち》しかまともに休めないようなハードワークも数年続くとさすがに疲れ、去年退社してフリーになった。

一応円満退社だったので、編《へん》プロ時代のツテで方々から仕事をもらえ、自分のペースで進められるようになり、身体は楽になったが、フリーランスの悲しさで、締め切りが混んでいても依頼があれば断れずに受けてしまい、結局いつも気ぜわしくしている。

ガイドブックを手掛けていたので得意なのは旅行記事だが、時事コラムや流行《はや》りのグルメ、エンタメ評や金融《きんゆう》商品の入門記事、健康情報、最新家電の比較記事など、オファーのテーマがまったく門外漢《もんがいかん》の分野でも全然興味のないものでも、タイムリミットまでに最大限の努力をし、発注先の期待を一ミリでも上回るものを納品しようと毎回己《おのれ》に課している。

今回の「生前整理」というテーマも二十七歳の佳人には身近な話題ではなかったが、取材した片付けのカリスマ・富田林《とんだばやし》えりな先生の極意《ごくい》をわかりやすくまとめたつもりなので、記事通りに実践すれば、シニアの読者も労さず三ヵ月ですっきり暮らせるようになるのではないかと思う。

カリスマにインタビューしたテープ起こしの紙の束《たば》と、事前に情報収集のために読んだ著作の片付け本を机から取り上げ、佳人はくるりと振り返る。

室内の空きスペースを探し、立体的なテトリスのように林立《りんりつ》する本のタワーのうち低めのひとつに乗せる。

片付けのカリスマから直接メソッドを伝授されたからといって、ライターが私生活に活《い》かせるとは限らない。

佳人は「整理整頓《せいとん》」に重きを置いておらず、1DKの六畳間は本や資料やネタになりそうな切り抜きやメモ書きの山で占拠《せんきょ》されている。

富田林先生の自宅や仕事場の端正さと機能美には感心したが、自分の小汚い部屋のほうがずっと居心地いいと思ってしまったし、もしこの完璧な家に住めと言われたら、半日で息が詰まって家出するしかないと取材しながら思った。

富田林先生は「まだ使えるのに捨てるのはもったいないし、いつか使うかも」の「いつか」は来ないし、心が震えないものは即捨てろと言うが、佳人にとっては本や資料以上に心震えるものはなく、ピンとこなかった本でもいつかその著者にインタビューすることもないとは言えず、必要になったときにこの中のどこかにあると思えば安心でき、おいそれと捨てる気にはなれない。

そんなに執着している割には扱いはぞんざいで、本棚に入りきらないものはどんどん床に積み上げているだけだが、本物のゴミはちゃんと捨てているし、異臭を放つ汚部屋《おべや》とは違う。たまに地震や自分でぶつけてタワーを倒すと厄介《やっかい》だが、台所やトイレに通じる生活動線は確保してあるし、部屋に招くような恋人もおらず、見栄を張る必要もないので、当分現状維持《いじ》のまま生前整理する予定はない。

ひとまず締め切りまでに初稿を送れたので、担当編集者から直しの指示が来るまでひと休みすることにする。

二日ぶりに風呂に入ろうと、背後に迫《せま》るタワーを崩さないようにカニ歩きで移動し、本で扉が閉まらないクローゼットから着替えを取って風呂場に向かう。

コンタクトを外してシャワーを浴びたあと、髪を拭《ふ》きながら台所に行き、冷凍ドリアをチンして本日の二食目にありつこうとしたとき、電話がかかってきた。

もう担当氏から改稿指示の連絡が来たのかと思ったら、高校時代の友人の西丸《にしまる》からだった。

『よっす、よっしー、ひさしぶり。元気か？　いま仕事中？』

いまだに昔の仇名《あだな》で呼ぶ西丸に、

「や、ちょうど終わったとこだけど、どうしたの、なんかあった？　にっしー」

とこちらも仇名で呼びかける。

高校のクラスメイトで唯一つきあいの続いている西丸は、いまは区役所の納税課に勤めている。頻繁《ひんぱん》に会うわけではないが、お互いに忘れた頃に連絡をとり、都合が合えば飲みに行ったりするゆるい仲だった。

『さっき韮沢《にらさわ》からクラス会の連絡来ただろ？　よっしー、行ける？』

「え、ちょっと待って、さっきまで電源切ってたから、気づかなかった」

急いで確かめると、一時間前にクラス委員だった韮沢からメッセージが届いていた。

たしか卒業式で、次は十年目の節目《ふしめ》に集まろうという話はあった気はするが、今年は九年目で、まだ一年早いのでは、と思いつつメッセージを読むと、板前になったクラスメイトの南波《なんば》が来月自分の店を出すことになったので、開店祝いを兼ねて前倒しでクラス会をしようということだった。

日時は来週の土曜日の夜、会費は六千円で、会場の小料理屋「なんば」の地図も添付してある。

来週のスケジュールは新しいグランピング施設の宣伝記事の締め切りが金曜で、土曜はミニコミ誌に感想記事を頼まれている映画の試写会があるが、急いで戻れば夜には間に合う。

南波とは厚生《こうせい》委員で一緒にベルマークを数えたこともあり、お祝いを言いたい気はある。が、三年間クラス替えのなかったA組三十名はやたらと多方面に突出した才のあるキャラが多く、絵に描いたような凡人だった佳人は上位カーストとはほぼ接点がなく、卒業後も西丸以外のクラスメイトとは疎遠《そえん》になっていた。

佳人の家は一般的なサラリーマン家庭で、中学まで公立に通い、高校も兄も通った近所の公立に行くつもりだった。が、母親が有名私立男子校に憧《あこが》れて、受けるだけ受けてみようよ、佳人はお兄ちゃんより勉強好きだし、とせっつくので、しょうがなく記念受験のつもりで受けたら受かってしまい、三年間煌星《こうせい》大付属高校に通った。

明治中期創立の由緒《ゆいしょ》ある名門校で、クラスメイトには戦国武将の傍流《ぼうりゅう》筋の末裔《まつえい》だとか、子供の頃から両親にもらう毎年の誕生日プレゼントが本物のルノアールやドガなどの名画で、幼少時にクレヨンでシャガールに落書きしてしまったら、祖父が天才かと喜んで一億超えの若冲《じゃくちゅう》の掛《か》け軸《じく》にも描き足してみるかと言ったなどとほがらかに語る財閥令息や、全国模試で一桁《けた》を取る秀才や、当時はシャイで物静かな美少年だったが、いまや国民的スターになっている級友や、インハイで活躍したバスケ部の主将で近隣の女子が校門で鈴なりに出待ちしていたイケメンなどがごろごろおり、佳人はそちら側とは完全に無縁の雑魚《ざこ》キャラだった。

一応必要時にはキラキラメンバーとも口をきいたし、特段虐《しいた》げられたこともなかったが、あちら側の人たちはギャラリーとして遠巻きに眺めるもので、親しく友誼《ゆうぎ》を結ぶ対象ではない、と分《ぶん》を弁《わきま》えて、身の丈《たけ》に合った場所で咲こうと同じ新聞部の西丸たちと部内で和気藹藹《あいあい》やっていた。

クラスではまばゆい上位カーストたちの吐く空気に漂う塵《ちり》に等しい存在感だったが、新聞部では二ヵ月毎《ごと》に発行する校内新聞づくりに燃えていたので、それなりに楽しい三年間を送った。

九年ぶりに再会するのが新聞部の仲間たちだったら思い出話に花も咲くだろうが、A組のキラキラメンバーと旧交《きゅうこう》を温めようにも、向こうには「こんなのいたっけ？」と顔も名前も忘れ去られているのが関の山のような気がする。

でも、あの上位カーストたちが九年経《た》ってどうなっているのか多少興味もあるし、西丸も行くなら完全アウェイじゃないから参加しようかな、という気になり、

「俺は行けるけど、にっしーは？」

と確かめると、

『俺も行こうと思ってる。この歳で店持つなんて南波も偉いしさ。……つうのは建前で、顔面偏差値の高い誰かを丸めこんで、「イケメン連れてくからさ」って合コンのエサにしたいし、ほかにも誰か俺より額《ひたい》が後退してきてる奴がいないか確かめたい。元々しょぼい顔の俺が後退するより、イケメンの生《は》え際が衰《おとろ》えるほうが残念感強いだろうし』

と腹黒い企《たくら》みを口にされ、佳人はブフッと噴く。

「にっしー、ちょっと生え際にこだわりすぎだよ。まだみんな大丈夫だろうし、にっしーの額だって、後退気味とか全然わかんないよ、前髪で見えないし」

『だから、それはそうやって気づかれないように必死で隠してるからだよ。シャワー浴びた後にでこ全開にすると「ああっ……！」って鏡の前でよろめくのが最近の日課だしさ』

納税課の窓口業務でのクレーム対応でストレスを溜めているらしく、日々毛根《もうこん》が直撃されているという嘆《なげ》きをしばらく聞いてやり、

「そっか、おまえも大変だな。でもさ、ありがちな慰めだけど、俺みたいな根無し草より一生安泰《あんたい》の公務員なんだから、いろいろ辛《つら》いことがあってもなんとか頑張れ。あとおまえは額を気にしすぎて自《みずか》ら毛根にダメージ与えてるから、ひとまず生え際のことは忘れろ。……それよりさ、旬《しゅん》もクラス会に来るのかな」

とついミーハーなことを聞いてしまう。

知り合いの中で唯一芸能人として活躍する級友とは、修学旅行の班決めのクジ引きで同じ班になり、奈良公園でスカウトされた現場に居合わせたのが軽く自慢だった。

ただデビューしてすぐに大人気の雲上人《うんじょうびと》になってしまい、「俺のこと覚えてる?」などと地味カーストの分際《ぶんざい》で連絡を取るのも憚《はばか》られ、その後はテレビで見かけるたびに「おっ、旬だ」と心ひそかに応援するのみだった。

もし今回会えたらサイン頼めないかな、などと地味な望みを抱いていると、

『いや、わかんないけど、たぶん来れないんじゃないか？　今度ハリウッド映画に出るって決まったらしいし、忙しいだろ、あいつ。でもちょっとだけでも顔だしてくれたら嬉しいよな』

とやはりミーハーに声を弾《はず》ませる西丸に佳人も大きく頷く。

「ほんとに。昔から超美少年だったけど、ここ数年ますます美貌《びぼう》に磨《みが》きがかかってるし、久々に生で見たいかなって」

「だよな！　……って、このやりとり、共学の高校のクラス会で、クラスのマドンナだった○○さん来るかな、って盛り上がるノリに似てね？　俺らのクラスじゃ旬がマドンナポジだし」

「あはは、たしかに。あと共学だとさ、クラス会での再会をきっかけに恋が始まったりするのもマンガやドラマじゃよく見るシチュだけど、俺らじゃそれも期待できないしな」

佳人は彼女いない歴＝年齢の童貞でもなんの焦《あせ》りも劣等感も葛藤《かっとう》もなく「事実ですが、なにか」と粛々《しゅくしゅく》と受け入れているが、西丸はいつも恋人を求めて足掻《あが》いているので、共学のクラス会ならチャンスもあったかもしれないのに残念だな、と慰《なぐさ》めると、

『そうだよなー。けど俺、旬となら再会愛が始まっても全然ＯＫなんだけど』

と西丸が男子校あるあるな軽口を叩く。

「なに言ってんだよ、旬が嫌がるよ。俺も旬ならＯＫな気がするけど」

勝手に肴《さかな》にして笑いあい、またクラス会で、と約束して通話を切る。

幹事の韮沢に出席の返信をし、その後いくつか締め切りと納品と校正をこなして明日がクラス会という夜、婚活会社の運営サイト発行のメルマガ用のエッセイの依頼がきた。

テーマは『交際期間も長く、彼女以外とつきあう気はないと明言して浮気もしないのに、結婚には煮え切らずにのらりくらりする彼に、妊娠や脅迫以外で「やっぱり君といますぐ結婚したい！」と心を決めさせる方法』という男目線の記事を二千字で、との発注で、

「……はあ？　知らないよ、そんなこと。俺にわかるわけないじゃん、そんな心理。一回もまともにつきあったことないし、結婚を考えたこともないのに……」

難易度の高い依頼内容を読み返し、佳人はお手上げ感にまみれた顔で天井を仰《あお》ぐ。

佳人は恋愛や結婚を必要不可欠なものとは考えておらず、なきゃないでいいと積極的に努力したことがない。向こうから恋愛運が転がってきたこともないので、恋愛関連についての発注が一番書きにくい。

苦肉《くにく》の策で恋愛話を長々綴《つづ》っている他人様のブログを参考にしたり、妄想して捻《ひね》り出しているが、さも知ったかぶっていっぱしの記事を書くことに気恥ずかしさもある。もうこの依頼は断ろうかなと思ったとき、ふと明日のクラス会にはきっとモテまくりの恋愛勝ち組がごろごろ来るだろうし、既に結婚していたり、秒読み段階の奴もいるかもしれないから、うまいこと話を聞きだしてヒントをもらえば書けるかも、と思いつく。

ただ、クラスにいたかいないかわからないような影の薄い空気キャラに、久しぶりに会って

すぐにプライベートな恋愛話を聞かせてくれる上位カーストがいるかわからないが、一応仕事のインタビューでは初対面の相手に限られた時間内で実のある話を聞きだす訓練を積んでいる。

目立たない雑魚キャラでも三年間同じ組にいたから初対面よりは多少分《ぶ》はあるはずだし、なんとか勇気を出してリサーチしてみよう、と下心を秘めて、佳人は翌日のクラス会に臨《のぞ》むことにしたのだった。

＊＊＊＊

「本日は急な決定にもかかわらず、二十四名ものご出席を賜《たまわ》り、幹事として大変嬉しく思っております。こんな立派なお店を構えた南波《なんば》くんの門出《かどで》とみんなの元気な再会を寿《ことほ》ぎ、楽しい二時間にしましょう。担任の森崎《もりさき》先生にもお声をかけたんですが、昨年定年されて、現在ブータンで日本語を教えておいでだそうで、今回はお越しいただけなかったんですが、メッセージを預かっているので後で流しますね。そして我がA組から世界にはばたく大スター、真中旬《まなかしゅん》くんも残念ながら仕事で欠席なんですが、もし早く終わればオンラインで参加してくれるそうなので、期待して待ちましょう。ではまず乾杯をして、奥の席の郡司《ぐんじ》くんからひとりずつ近況報告をお願いします」

三年間学年トップだった韮沢《にらさわ》が弁舌滑《べんぜつなめ》らかに挨拶《あいさつ》したあと乾杯の音頭《おんど》をとり、貸し切りの「なんば」に集《つど》った二十四人はグラスを掲《かか》げて両隣や前に座る面々と乾杯しあう。

席は到着順で、試写会のあと一番最後に店に着いた佳人《よしと》は西丸《にしまる》とは離れた端の席になった。四人掛けのテーブルの向かいには武将の末裔《まつえい》の北条直忠《ほうじょうなおただ》、シャガールに落書きした九石薫《さざらしかおる》、隣はデビュー前の引っ込み思案だった真中旬より他校の女子にモテていた元バスケ部の堂上哲也《どうがみてつや》がいる。

特にまばゆいキラキラメンバーの席に放り込まれてしまい、内心気後《きおく》れしつつも、三人とも相当モテ経験が豊富そうだし、リサーチしがいのあるラッキー席かも、と佳人はグラスを舐《な》めながら気持ちを奮《ふる》い立たせる。

とりあえず全員の近況報告が終わって歓談《かんだん》タイムになってから取材をはじめよう、と気合いを入れつつ、南波が次々腕を振るって出してくれる料理に箸《はし》を伸ばし、級友たちの近況に耳を傾ける。

最後に佳人の番になり、署名記事に価値がつく名の知れたライターでもないのに文筆業《ぶんぴつぎょう》を名乗るのもおこがましい気がして、フリー（ライ）ター と（）《カッコ》内を省略しようかと思ったが、そ

れも卑下《ひげ》しすぎかも、と思い直してさらっと告げて席に着くと、

「へえ、すごいね。汐入《しおいり》くんて、フリーライターになったんだ。かっこいいね」

と向かいから育ちの良さを全身から漂わせた九石が嫌味のない口調で笑みかけてくる。

親がとんでもない資産家のおかげで、働かなくても一生遊んで暮らせる九石は、大卒後本当になにもせずに趣味で詩や絵や音楽を嗜《たしな》む高等遊民《こうとうゆうみん》をしているそうで、気が向いたときに『九石薫の気ままな日常』という素の暮らしぶりを配信し、別世界すぎるセレブライフに憧《あこが》れる人たちと、やらせのギャグと思って面白がる人たちと僻《ひが》んで叩く人たちの間で軽くバズっているらしい。

昔から物心両面《ぶっしんりょうめん》に恵まれて優雅に育ち、他人を蹴落《けお》としたり下々《しもじも》をコケにするような俗物《ぞくぶつ》的《てき》なところのない善良な金持ちだったが、いまも素直に感心され、

「いや、全然かっこよくなんかないよ。九石みたいに世界で一冊の自分の詩集をこだわりの装《そう》丁《てい》で作ったりするほうがよっぽどすごいし、俺なんか安い稿料《こうりょう》で来るもの拒《こば》まずあくせく雑文《ざつぶん》書き散らしてるだけだから」

と含羞《がんしゅう》に駆られて首と手を振ると、隣から堂上が言った。

「それでも、その道だけで食ってるなら充分すごいよ。安く使えるとか、断らないから頼みやすいっていうのもあるかもしれないけど、また頼もうって思える出来のものを書いてるから次に繋《つな》がるんだろうし。汐入は昔から文才あったしね」

「……え？」

佳人は驚いて目をぱちくりさせる。

堂上哲也は当時から顔よし頭よしスポーツ万能の三拍子《さんびょうし》揃ったモテメンで、男子校なのにバレンタインの朝には通学中に渡されたチョコでぎっしり詰まった紙袋を手に登校する非モテの敵だったが、自慢するでもなくあっさりクラスみんなに山分けしてくれ、なかなか見どころのある奴だった。

いまはザザ・コミュニケーションズのコンテンツ事業部で働いているとのことで、九年前より男ぶりの増した精悍《せいかん》な横顔を窺い、佳人は内心首を傾《かし》げる。

ものすごく肯定的《こうていてき》な言葉を言ってもらえたことは嬉しいが、ほとんど挨拶《あいさつ》くらいしかまともに話したこともなかった堂上にそこまで評価されるほど個別認識されていたとも思えず、素直に喜んでいいのか悩ましい。

九石が「ライターなんてかっこいい」と言ってくれたのは、元々「金持ち喧嘩せず」的なまろやかなタイプだったから、影が薄くてよく覚えていないクラスメイトにも一般論で誉めてくれたのだと思うが、堂上はひょっとしたらもっと文才のあった別の級友と間違えているのでは、と思われ、

「……えっと、堂上、俺に文才があったなんて、そんなことほんとに覚えてるの……？」

と若干《じゃっかん》疑わしい顔で確かめてしまう。

自分はキラキラメンバーのことを興味深く観察していたので結構覚えているが、あちら側の人間が自分を記憶しているとは思えず、人違いか、適当に口先だけ話を合わせているのでは、と思っていると、堂上は一瞬間を空《あ》けてから頷いた。

「そりゃ、うちのクラスならみんな覚えてると思うよ。感想文とかいつも誉められてたし、文化祭のクラス劇の台本も毎年汐入が書いてただろ。あと校内新聞のコラムとかも署名記事書いてたし」

「えっ」

本当にほかの誰かと勘違いしているわけではなく、ちゃんと顔も名前もエピソード込みで覚えているらしいとわかり、佳人はさっきよりさらに大きく目を瞠《みは》る。

思わず口まで開けて相手を見つめ、

「……おまえ、やっぱりすごいな。ろくに親しくもなかった俺のことまでそんなに覚えてるなんて、さすがいつも学年十位以内だった奴は脳のスペックが違うんだな。めちゃくちゃ記憶力よくてビックリした……！」

と驚きのあまり、つい上位カーストへの遠慮も忘れ、初のおまえ呼ばわりをしてしまう。

当時から堂上はバスケがうまいだけの筋肉バカではなかったが、ほかの二十八名のクラスメイト全員のこともこんなに記憶しているならすごすぎる。

モテ指南本《しなんぼん》にありがちな「相手の細かな変化がわかるように普段からよく観察し、相手が以前言った言葉などもきちんと覚えておき、要所要所で口に出すと好感度大」などというアドバイスに、こんなのできる奴いるのかよ、と思っていたが、さすが本物のモテメンは標準装備で高い観察力と記憶力とタイミングよく口に出す技術を備えているものなのか、と心底感心する。

思わずまじまじ見つめてしまった佳人に、堂上はちょっと困ったような苦笑を浮かべ、生ビールに口をつけながら言った。

「別に、普通だよ、これくらい。三年間同じクラスだったんだし、昔は汐入がちょっと度の強いメガネかけてたとか、それくらいは普通に覚えてるよ。何十年も昔のことってわけじゃないし」

な、おまえだって覚えてるだろ？　と堂上は向かいの北条に同意を求める。

いまは国立民俗学博物センターで刀剣類《とうけんるい》の研究員をしているという北条が佳人に目をやり、

「そうだな、新聞部だったとか細かいことは忘れたけど、メガネって聞いて、汐入のちょっとファンシーな思い出がいま蘇《よみがえ》った」

と刺し身の盛り合わせを食べながら口元に思い出し笑いを浮かべられ、佳人は戸惑って顎《あご》を引く。

「え……、なにファンシーな思い出って」

北条とも深い交流を持ったことはないのに、また誰かと間違えているのでは、と訝《いぶか》しんで問うと、

「一年のとき俺保健委員で、クラスの健診の視力検査の補助を頼まれて、測定表のCみたいなのを棒で差して『右斜め下』とか答えさせて『1・0』とか名簿に書く係をしたんだけど、Cのほかにも犬とか動物のシルエットがだんだん小さくなる検査欄もあったから、汐入に猫の絵を差したら、メガネのときは普通に「猫」って言ったのに、裸眼《らがん》のときはすげえ真剣にじっと見て『……タマ』って言うから、『え、なに言ってんだ、こいつ』って思って、犬も差してみたら、やっぱり真顔で『ポチ』って言うから、こいつ変だって面白かったから覚えてる」

と北条に薄ら笑いを浮かべられ、「へえ、名前のある犬猫に見えたなんて、詩的な感性だね」と九石に微笑《ほほえ》まれ、「ポチとタマって……」と堂上にも噴きだされ、佳人は顔を赤らめる。

「……や、そんなことまるっきり覚えてないし、ほんとに言ったのかな、俺、そんなアホなこと……」

それじゃただのド天然じゃないか。ひょっとしたら、あの頃から急激に近眼が進みだしたから、すこしでもいい視力と判定してもらいたい一心で、意気込みすぎてつい『犬』と言ったつもりで『ポチ』と口走ってしまったのかも。

でも、そんな本人さえ覚えてないようなことまで覚えてるなんて、さすがトップクラス常連だった奴らの脳の性能は怖ろしい。

もしかしたら、もっとほかにも余計なことを覚えててからかわれたりしても困るし、意外と空気だった雑魚キャラのことも目に入ってたみたいだから、もう遠慮せず友達面《づら》して取材に持ち込んで、これ以上変な記憶を呼び覚まさないようにしなくては、と佳人は箸を置き、三人に向かって切り出した。

「あのさ、ちょっとみんなに聞きたいことがあるんだけど、この中ですでに結婚してたり、もうすぐ結婚する予定の人っている？　いたら、相手と結婚したいなって思う決め手になったことってどんなことか教えてほしいんだけど」

仕事相手へのインタビューならもうすこし質問の文言《もんごん》を選ぶが、友人枠《わく》として直球で訊いてみる。

三人とも薬指に指輪はしていないので、まだ既婚者《きこんしゃ》はいないかもしれないが、結婚を前提とした交際中の人はいるかもしれない、と期待して問うと、九石が軽く眉を上げ、優雅に笑みながら首を振った。

「僕はたぶん将来女性とは結婚しないと思う。女の人とのおつきあいって大変そうだし、別に跡継ぎをなにがなんでも作れって言われてないし。気心の知れた人と家族とずっと家で静かに暮らすつもりなんだ。両親も僕が幸せならそれでいいって言ってくれてるから」

「……あ、そうなんだ……」

高等遊民は絶食系《ぜっしょくけい》だったか。

元々九石は一般庶民とはかけ離れた特殊なサンプルだったから、普通の回答が得られなくてもしょうがなかった、と気持ちを切り替え、佳人は北条に視線を移す。

「じゃあ北条は？　おまえは由緒《ゆいしょ》正しき北条家二十代目だし、ちゃんと結婚して子孫を残すように言われてるだろ？　嫁取りの予定は？」

ネタほしさに前のめりに問うと、北条は肩を竦《すく》めた。

「俺だって今時そんな時代錯誤《さくご》なこと言われてねえし、二十七で家庭持つなんて早《はえ》えだろ。けど、一応嫁はいる。これが俺の嫁、『シュガーバレット』のまやぽやだ」

「……え」

尻ポケットから取り出したスマホを印籠《いんろう》のように掲げられ、待ち受け画面の女性アイドルをドヤ顔で見せつけられる。

……今度はドルオタかよ、武将の末裔のくせに……！　と佳人は内心舌打ちする。

でも、そういえば、北条は昔体育祭の応援合戦で俺を含めた小柄男子チームがチアガールのコスプレでチアダンスをさせられる羽目になったとき、何故だか自《みず》らダンス指導を買って出て、妙に要求度の高いスパルタ指導をしてきて苦労した覚えがあるが、武将のＤＮＡで勝利にこだわってたわけじゃなく、実は当時から隠れドルオタだっただけかも……。

二人続けて見かけ倒しのサンプルミスに肩を落としながら、今度こそリア充《じゅう》そうな堂上に期待を込める。

「堂上、おまえの恋バナは？　おまえは絶対いまもモテまくりだろ？　昔も男前だったけど、いまはさらに仕事もバリバリこなしてそうなデキる男オーラも加わって、前よりイケメン度が上がってるし、昔から出待ちの女子たちをモーゼのように左右に分けながら下校してたし、アイドルや二次元に寄り道したりせず、バッタバッタモテ街道一直線だよな？」

うんと頷いてくれ、そして俺の想像力では追いつかないバリエーション豊かな恋愛遍歴《へんれき》やリアルな恋愛心理を是非とも拝聴《はいちょう》させてくれ、と目で訴えながら返答を待つと、堂上は涼しげな目元に女子ならコロッといきそうなはにかみまじりの苦笑を覗かせた。

「……モーゼってオーバーだし、別にバッタバッタなんて言わせてないよ。いまは仕事が楽しいから集中したいし、俺もフリーだよ」

「えっ、堂上もフリー？」

予想外の答えに思わず大声で聞き返すと、「うん」とあっさり頷かれ、佳人はあんぐりする。

そんな、堂上が頼みの綱《つな》だったのに。

まったく、この上位カーストたちは揃いも揃って見てくれも頭脳もハイレベルな割に、ちっともネタを分けてくんねえな、と内心歯噛《はが》みしていると、

「……汐入こそ、さっきからなんでそんなことばっかり聞きたがってるんだよ。……もしかして、ほんとはおまえが結婚を考えてて、経験者に相談したかったとか……？」

と食いつき過ぎな様子を不審に思ったのか堂上に意図を探られ、佳人は「いや、まさか」と慌てて首を振る。

「俺は恋愛も結婚も自分の身にかすったこともないんだけど、仕事でそういうテーマの発注が

きちゃってさ。ライター仲間から紹介してもらった仕事先だから断りにくくて、きっとおまえらなら絶対モテネタに事欠かないだろうし、なにかヒントをもらえないかなって……。ごめん、久しぶりに会ったのに、ネタ元にしようとして」

正直に打ち明けて謝ると、九石が微笑しながら言った。

「別に構わないけど、参考になるようなことを言ってあげられなくてごめんね」

「まやぱやとの夢の新婚生活についてでいいならいくらでも語ってやるけど、妄想じゃダメなんだろ？　けど、おまえも自力で書けそうもない仕事なら引き受けるなよ、いくら知り合いの紹介でも」

北条に正論を言われ、「……すいません」と口ごもったとき、

「みんな、注目！　旬がいま収録が終わったそうで、リモートで参加してくれるそうです！」

と韮沢が声を張り上げた。

席から立ち上った韮沢が胸に抱えた十五インチのモバイルの画面に、テレビ局の楽屋らしき場所にいる美貌《びぼう》の級友の顔が映り、A組の面々はどよめく。

「おー、旬！」「元気かー？」「おまえが出てるの、全部見てるぞー！」「旬、俺大江《おおえ》！　二年のとき美化委員で一緒だったんだけど」「ズリーぞ大江！　旬、俺斎賀《さいが》」「安里《あさと》！」「西丸！」

「うるせえよ、旬にしゃべらせろよ！　by韮沢」などと一斉に画面に向かって話しかける。

旬はくすりと楽しそうに笑いながら、軽く会釈《えしゃく》して言った。

『みんな、お久しぶりです。今日は直接顔を出せなくて、すごく残念です。でもみんな元気そうで、画面越しでも会えて嬉しいです。卒業してから全然会う機会もなくて、たぶん僕がこの仕事をしてるせいで、敬遠されてるところもあるのかなってすこし淋しかったので、今回クラス会に誘ってもらえて、僕もまだA組の仲間だと思ってもらえてるんだってすごく嬉しかったです。今回は行けなかったんですけど、もし一年くらい前に言ってもらえたら、スケジュールを空けておけると思うので、是非《ぜひ》次は出席して、みんなと話したいし、南波くんのお料理を味わいたいです。……じゃあ、申し訳ないんですけど、まだこのあとも仕事なので、挨拶《あいさつ》だけで失礼します。みんな、また会おうね。バイバイ』

ニコッとシャイな笑顔で手を振られ、A組一同は国民的スターのファンサをもろに食らう。

「やっぱり国の宝だな、あいつ」

「テレビも入ってないのに、素で性格いいままだしさ」

「雲の上の大スターになっちゃったのに、『まだA組の仲間と思ってもらえて嬉しい』なんて、俺らまで虜《とりこ》にしてどうする気だよ」

「『敬遠されて淋しい』って言ってたから、もう遠慮せずガンガン連絡しちゃおうかな」

「それはやめとけ。あいつ、ストーカーファンにひどい目に遭《あ》わされたりしてるし、俺らは余計な負担や迷惑をかけない純粋なクラスメイト枠《わく》を守ろうぜ」

ピシッと釘《くぎ》を刺し、みんなが頷くのを確かめてから、韮沢はモバイルを操作して森崎先生のメッセージ動画を再生する。

旬のインパクトが強すぎて、せっかくの担任の人生訓もさして心に残らずさらっと流され、食事を再開しながら旬の話題に戻る。

「そういえば、旬を切りつけたストーカーって執行猶予《しっこうゆうよ》だったね」

熱狂的ファンがカッターで旬を襲った事件の判決を思い出して佳人が渋い顔で言うと、九石も眉を顰《ひそ》めて頷く。

「運よく怪我しなかっただけで、一歩間違えば命に関わったかもしれないのに、もっと重くてもよかったよね。どうしてあんな美しくない行為ができるのか、僕には理解できないよ」

「性根《しょうね》が許せねえよな。ヤバいファンって『好き』ってことが最強の免罪符《めんざいふ》だと勘違いしてなにしてもいいと思ってるから、ほんとに怖いよ。旬だけじゃなく、まやぱやにも被害に遭ってほしくないいし、俺もどんなにまやぱやが好きでも、絶対にストーカーにだけはなるまいと決めている」

そんなに心して戒《いまし》めないとやりかねないのか、と危ぶんで、

「北条、ほんとに頼むよ。心の嫁だけにとどめとけよ。ストーカーは相手に愛じゃなく嫌悪感と恐怖感しか与えられないんだからね」

と念を押したとき、隣からかすかな溜息が聞こえた。

空耳かと隣を見ると、それまでずっとにこやかだった堂上がなぜかうっすら沈んだ表情を浮

かべていた。

……あれ、どうしたんだろう。

旬のストーカーの話題で顔が曇《くも》るなんて、堂上は昔旬と仲が良かったから、いまでも許せないくらい犯人に憤《いきどお》ってるんだろうか。

それとも、話題とは関係なく急に胃が痛んだとか、仕事の気がかりなことを思い出したとか、そういう類《たぐい》の溜息だろうか、と思いながら、

「あの、堂上、大丈夫？　胃でも痛い？」

と小声で訊ねると、堂上はハッとしてこちらに顔を向け、「いや、なんでもないよ」と柔和《にゅうわ》な笑みを見せた。

本当かな、でも本人がそう言ってるし……、これが西丸相手なら遠慮なく「どうしたんだよ、話聞くから言えよ」とぐいぐい追及するところだが、堂上とはそれほど親しいわけじゃないから、お節介《せっかい》と思われるかも……、と口を噤《つぐ》んだとき、韮沢が「そろそろお開きの時間です。皿に残ってるのは全部腹におさめて、後片付けはみんなでやりましょう。南波は座って休んでていいからな」と声をかけた。

毎年秋の恒例行事だった登山キャンプで培《つちか》ったチームワークで、ジャンケンで係を決めたりしなくても、阿吽《あうん》の呼吸でカウンター内で洗う係と流す係と布巾《ふきん》で拭《ふ》く係、南波に皿のしまい場所を聞く係と実際に棚に戻す係、テーブルを拭く係と床をモップで掃除する係、口だけで応

援する係にそれぞれ分かれ、スピーディーに片付けが完了する。

また是非個人的にも食べに来てくれよ、という南波に全員で御礼を言って店を出ると、

「なんかまだ名残惜《なごりお》しいし、席が遠くて話せなかった奴もいるだろうから、二次会しようか。場所はカラオケでいいかな。行ける奴、手挙げて」

と韮沢が言った。

佳人も思ったよりアウェイ感なく一次会を楽しめたので、もうすこしつきあいたい気もしたが、今日中に色校《いろこう》が送られてくることになっており、一次会だけで帰ることにした。

出席の挙手《きょしゅ》をしながら西丸がそばに来て、

「よっしー、二次会行かねえのか?」

とだいぶきこしめした顔で肩を組んでくる。

「うん、行きたいけど、ひとつ仕事が残ってるから、今日は帰る」

そう言ってから、こそっと西丸の耳に顔を寄せ、

「誰か合コンのエサになってくれそうな奴見つかった? あとやっぱりまだみんな生《は》え際無事だったね」

と声を潜《ひそ》めて耳打ちすると、

「合コンのエサはまだだけど、生え際のほうはさっき南波が板前帽を外して頭掻《か》いた一瞬チラッと見たら、同類のポテンシャルを感じた」

と変に目敏《めざと》いことを言うので「チェック厳しすぎ」と噴きだしながら脇腹を小突く。

わらわらと連れだって二次会出席組の面々と途中まで一緒に行き、駅に向かう三差路《さんさろ》で「じゃあ、また次のクラス会で」と手を振って別れる。

何歩か進んだところで「汐入」と背後から声が聞こえ、（え）と振り返ると、堂上が駆けてくるのが見えた。

＊＊＊

「あれ、二次会行かないの？」

いまあっちに行きかけてたみたいなのに、と思いつつ隣に並んできた堂上に問うと、

「うん、カラオケそんなに好きじゃないし。……汐入、家どっち方面？　同じ方向なら一緒に帰ろうよ」

と自然な口調で言われた。

「……あ、うん」

佳人は内心驚きつつ頷く。

一次会では偶然隣の席になり、昔ならとてもできなかった対等な友のような会話ができて、自分でも意外だったし、すごく楽しかったが、あれはあの場限りのことかと思っていた。クラス会が終われば、また交流のないただの元クラスメイトという遠い関係に戻ると思っていたのに、まださっきの続きのように普通に降車駅を問われ、内心戸惑いながら答えると、

「え、ほんとに?」

と驚いた顔で訊き返される。

堂上が住んでいるのも同じ路線の二駅違いの場所だと判明し、佳人も目を丸くする。

「嘘、近いじゃん!　いつから住んでるの?　俺は就職してから実家出ていまのアパートにずっと住んでるんだけど」

驚いた勢いでつい訊かれてもいないことまで並べると、

「そうなんだ。俺は大学に入って、最初東口のほうに部屋借りてたんだけど、就職してからは西口側に引っ越したんだ。でも駅は同じ」

と相手もにこやかにそこまで詳しく聞いていないことまで答えてくれる。

住む場所が近いというだけでなんとなく親近感が湧き、佳人は堂上に笑みかけた。

「全然知らなかった。何年も近くに住んでても、意外と会わないもんだね。同じ沿線でも、編《へん》プロ時代はしょっちゅう事務所泊まりでラッシュアワーに乗ることなかったし、いまは家でひきこもり状態で仕事してて、買い物も近所で済ませちゃうから、すれ違わなくてもしょうがな

いけど」

実は住所が近かったと判明したところでどうなるわけでもないが、高校時代はどこに住んでいるか訊かれたり答えたりすることもなかった相手と、こうして社会人になってからあれこれ個人的な話をしていることに内心テンションが上がる。

きっと高校の頃の自分が知ったら仰天《ぎょうてん》するだろうな、となんとなくにやけそうになりながら一緒に改札を通る。

ホームに並んで電車を待っていると、

「汐入とは、……北条や九石やほかのみんなともだけど、ずっと会ってなかったのに、九年経《た》ってても、会えばすぐにあの頃に戻れるものなんだなって、今日思った」

と堂上が独り言のように呟いた。

佳人はやや間をあけ、

「……そう、かな」

と曖昧《あいまい》に語尾を濁《にご》す。

たしかに級友たちと九年ぶりに再会して、すこし年を重ねた面差《おもざ》しからでも同じ教室で机を並べていた頃のことが思い浮かんで懐《なつ》かしさも覚えた。

でも自分にとっては「あの頃に戻る」というのは、厳然《げんぜん》と横たわるヒエラルキーに怖れをなして、最初から敵前逃亡して、上位カーストに心を開いていなかった自分に戻ることで、今日堂上たちを前にしても変に委縮《いしゅく》したり卑屈《ひくつ》になったり身構えたりせず、自然体で接することができたのは初めての経験だった。

だから「すぐに昔に戻れる」と言われても、「いや、俺は戻ったという気はしないけど」と思ってしまったし、「昔とは違った」ということが自分には感慨深かった。

今日は堂上たちとも西丸といるときのように心になんのバリアも張らない状態で話をすることができ、相手からも普通に受け入れられ、もしかしたら高校のときにも自分が変なこだわりさえ持たなければ、当時からこんな風につきあえたのかもしれないと思った。

当時の自分がどうしてあんなに実力格差や序列を気にして、相手のスペックや親の資産や名門の血統などが友人になるのに支障になると思いこんでいたのか不思議なくらいだが、あの頃はそんなことが重大に思えるほど幼くて、地味で平凡な自分が見劣りすると思われたくないという自意識も強すぎたのかもしれない。

いまも上位カーストたちとの格差が埋《う》まったわけではないが、だからと言って自分には友人になる資格がないなんて思わないし、友になるのに必要なのは誠実さと気が合うかどうかだけで、能力や容姿や出自《しゅつじ》なんて関係ないと今ならわかる。

昔の自分がこだわらなくていいことに勝手にこだわって余計な線引きをしたせいで、みすみすみんなと本当の友になれるチャンスを逃していたことがやや悔やまれる。

でもそれに気づけたのはすこしは大人になれたからだだし、今日のクラス会で堂上たちが自分を記憶にも残らない雑魚カーストなんて思っていなかったようだとわかっただけでも出席してよかったが、当初の参加目的の「結婚をのらりくらりかわす男に心を決めさせる法」のヒントは結局聞き出せなかったことを思い出す。

……まあいいか、元々自力でやるべき仕事だし、他力本願《たりきほんがん》は諦めて、締め切りまでになんとか捏造《ねつぞう》しよう、と思っていると、

「汐入、クラスのグループLINEじゃなくて、個人のIDに友人申請してもいい？　せっかく近くに住んでるってわかったし、また近いうちに一緒に飯でも食おうよ」

と堂上に気さくに誘われ、また慣れない事態に一瞬身構えてしまう。

……これは、モテメンの標準装備の帰り際の「さよなら」と同義語の社交辞令だろうか。

いや、女子でもないただのクラスメイトに社交辞令なんてわざわざ言わないだろうし、本気で飯に誘う気がないなら、連絡先なんか訊かないでスルーするだろう。

ということは、堂上のほうも一次会でいろいろ話して楽しかったから、これからも友人づきあいをしたいと思ってくれたということかも。

高校時代は遠くから眺めるだけだった堂上と、もし腹を割って話せるような親しい友人になれるなら、すごく嬉しい気がする。

せっかく堂上のほうからこれからも会おうと言ってくれたんだから、ここは全力で乗っからねば、と意気込んで連絡先を交換すると、

「……そういや、汐入って西丸とはいまもよく会ってるの？　昔から仲良かったけど、いまも続いてるんだなってさっき思って」

　と堂上がなにげない口調で言った。

　昔から仲が良かったなんて、やっぱりよく雑魚カーストの交友関係まで覚えてるな、と感心しながら、

「うん。続いてることは続いてるんだけど、細く長くで、そんなしょっちゅう会ってるわけじゃないよ。俺が取材したお店で割引券とかもらったら、誘って一緒に飲みに行ったり、試写会のチケットが二枚来たときに、都合が合えば一緒に行くくらいで、会うのは年に二、三回かな。ＬＩＮＥや電話はもうちょっとしてるけど」

　訊かれたから正直に答えたのに、堂上の返事は「ふううん」と妙に間延びしたものだった。

　なんだよ、自分が旬と仲良かったのにいまは疎遠《そえん》になってるみたいだから、俺たちが地味に続いてるのが羨《うらや》ましいのかよ、とつっこもうかと思ったが、きっと堂上には大学時代にもキラキラしい友人がたくさんできただろうから、俺たちを羨ましがるわけないか、と思い直す。

　堂上が西丸の名を出したので、ついでに西丸の合コン計画に協力してやろうかなと思いたつ。

　こんな近くにクラス一のイケメンがいるし、堂上に合コンに行ってもらって、西丸を立てるようなはからいをしてもらえないかと頼んでみようと思い、

「あのさ堂上、もしよかったら今度西丸のセッティングする合コンに参加してやってくれない

かな。あいつ、ずっと彼女欲しがってるんだけど、なかなかいい出会いがなくて、合コンにイケメンを連れていけばなんとかなるんじゃないかって姑息《こそく》なこと考えててさ」

ただエサにしたイケメンに女子が集中することや、イケメンの引き立て役にしかなれない可能性をまるで考慮していないザルプランだし、堂上が独り勝ちするのはわかってるから誰かひとりでも西丸に目を向けてくれるよう口添えしてくれたらありがたいんだけど、と続けると、堂上は笑みを潜め、すこし考えるような間をあけてから言った。

「……いいけど、俺、あんまり合コン好きじゃないし、西丸と区役所の同僚とか知らない人とだったら、ちょっと気づまりだから、汐入も一緒に行ってくれるならいいよ」

「え、俺も？」

突然のご指名に佳人は目を瞠り、急いで首を振る。

「いや、俺はいいよ。だって俺、別に彼女作りたいわけじゃないし、お持ち帰りもしなくていいし、俺が行っても地味でチビでノリ悪くて盛り下がるだけだよ」

懸命に言い訳して拒否すると、

「俺だって彼女はいらないし、合コンを楽しいと思ったことなんか一回もないよ。けど、おまえが友情篤《あつ》く西丸のために協力しろって言うから、渋々行ってもいいけど、おまえも道連れにする」

とややへそを曲げたような顔つきをされ、佳人はハッとする。

……しまった、堂上は西丸と親しかったわけでもないのに、ついさっきから気さくに接してくれるから調子に乗ってしまった。

佳人はホームに入ってくる電車が起こす風に首を竦めながら堂上を見上げた。

「わかった。ごめん、変なこと頼んで。いまのはやっぱなしにするから、もう忘れてくれ。ほんとは西丸が二次会でほかの誰かを誘ってるはずなんだけど、あいつカラオケ好きだから、つい歌うことに夢中になって作戦忘れるかもって俺が勝手にお節介しただけなんだ。おまえが合コン嫌いって知ってたら誘わなかったのに、気安く頼んじゃってごめんな」

せっかく友達づきあいを始めたばっかりなのに、距離の詰め方を間違えて気を悪くさせてしまったかも、と反省する。

内心怒ってたらどうしよう、と電車に乗り込みながら上目で窺うと、

「……ふうん。じゃあ、もし西丸が二次会で誰も誘えなかったら、一回だけなら頼まれてやるよ。女子に『西丸ってすごい優しいいい奴なんだよ。友達からもすごい慕《した》われてるんだ』とかさんざん持ちあげて推《お》せばいいんだろ」

と堂上が苦笑気味に言った。

その表情はもう気を悪くしているようではなかったので、佳人は内心ホッとする。

やっぱり堂上は昔から男気がある奴なんだよな。高校時代もなんだかんだ頼りにされてたし、本当に困ってるときは見捨てず手助けしてくれて、恩着せがましくもなく飄々《ひょうひょう》と期待以上のこ

とをしてくれるタイプだった。

たぶん西丸の合コンでもいい仕事をしてくれるに違いないが、そうやって友を立てる男気のあるところがかっこいいって結局堂上の独り勝ちになりそうだな、と思いつつ、車窓の外を流れる街灯りを眺める。

ついでに隣に並んだ堂上をガラス越しにさりげなく窺うと、短い吊革の輪に手首までくぐらせて上の革を摑む長身や整った容貌《ようぼう》に、同性ながら「やっぱかっこいいな」としみじみ見惚《みと》れそうになる。

昔の自分ならこんな美形の隣に並ぶなんて罰ゲームに等しい自虐《じぎゃく》プレイだと思ったに違いないが、いまはこんなハイスペックな男と対等に友人づきあいしている自分が誇《ほこ》らしい気分だった。

ふと周囲で伏し目がちにスマホを弄《いじ》っていた大人女子たちが次々目を上げて堂上に視線を向けることに気づき、ただ立っているだけでこんなに注目を集める堂上にも、女子たちのイケメンセンサーの精度にも驚く。

そういえば、堂上も昔出待ちの女子が送った画像を見たモデル事務所の人がスカウトに来たのに断ったとクラスで話題になっていたことを思い出す。

惜しいな、もしやってたらきっと人気出ただろうし、うちのクラスから二人もスターを輩《はい》出《しゅつ》できたのに、とひとりで無念がっていたとき、堂上が不意に振り返ってなにかを探すように視線を動かすのがガラスに映った。

ややあってまた前を向いた堂上の瞳が、さっきクラス会の最中にふと陰《かげ》ったときの色合いと同じで、佳人はすこし迷ってから小声で訊ねた。

「堂上、どうかした？　なにか気になることでもあるの？　さっき句のストーカーの話をしてるときも、そういう顔してたよ」

「……」

もう友人づきあいを始めたんだから、心配してもお節介じゃないはずだ、と思いながら答えを待つ。

堂上はしばし口を噤んで佳人を見おろしていたが、ぽそりと潜めた声で言った。

「……たいしたことじゃないんだけど、実は三ヵ月くらい前から、誰かに写真撮られて、変なSNSの専用アカにUPされてるんだ。最近大学の友人から、『これおまえじゃね？』って言われて初めて気づいたんだけど、なんか隠れファンっていうのか、たぶん好意が高《こう》じての行為みたいで、誹謗中傷《ひぼうちゅうしょう》みたいのとは違うから放置してるんだけど、ついスマホ向けられたりすると全然関係なくても『いま撮られたのかな』とか、気になっちゃって」

「……え、盗撮《とうさつ》されてるってこと……？」

高校時代も女子にキャーキャー写真を撮られてはいたが、社会人になってからも芸能人でもないのにそんなことをされてしまうのかと驚いて確かめると、堂上は憂鬱《ゆううつ》そうに頷く。

そんな表情すら観賞しがいがあり、やっぱりこいつの見てくれは一般人枠におさまらないから、盗撮魔に狙われても不思議じゃないかも、と不憫《ふびん》だが納得もいく。

でも自分の知らないところで許可もなく勝手に写真を撮られて晒《さら》されるなんて、変な写真じゃないとしても不愉快だし、気持ち悪すぎる。

旬のストーカー犯の話が出たとき、きっと自分の盗撮魔のことも脳裏《のうり》に浮かんで憂《うれ》い顔になったんだろうと思われ、

「誰の仕業《しわざ》か心当たりはないの？　いつもうっとり憧れの目で見てる取引先の人とか」

となんとかやめるよう働きかけられないかと思いつつ問うと、堂上は首を振った。

「いや、会社の中とか通勤時の写真もあるから、たぶん同じ会社の誰かだと思うんだけど、俺の職場っていろんな部署が仕切りのないワンフロアで働いてて、常時百人くらいわさわさ動き回ってるから、どこかで隠し撮りされてても、ちょっとわからないんだ」

「……そうなんだ……。でも投稿された写真が撮られたときに近くにいた人とか、何度も不自然に通りすがる人とか、通勤時に同じ電車に乗る社員とか、怪しい人はいないの？」

と問うと、堂上は溜息混じりに言った。

「一応探してはいるけど、はっきりとは……。それに自分の仕事もあるから、周りの人の変な動きまで見張ってる暇ないし、同期に『俺のこと盗撮してるっぽい人がいたら教えてほしい』とか頼むのも、みんなも忙しいし、全然嬉しくなくて迷惑なのに、モテ自慢してると思われて

も嫌だから、人には言いにくくて」

「そっか……」

自分にはまったく縁のない被害だが、ハイレベルのイケメンには雑魚キャラにはわからない苦労があるんだな、と同情する。

なんとか解決策はないかと思案《しあん》をめぐらせ、

「じゃあ、社内のハラスメント対策室に相談してみたら？　自慢とかじゃなく、ほんとに困ってるってわかってくれるだろうし。あと、そのＳＮＳが誰のものか調べてくれる業者に頼めば、はっきり犯人が特定できるよ。二万弱お金かかるけど」

以前ＳＮＳでのヘイト被害に関する記事を書いたときに調べた業者の連絡先を教えようとすると、

「……うん、でも、いまのところ鬱陶《うっとう》しいだけで実害があるわけじゃないし、もし上から注意してもらったりして、相手が盗撮してたことが社内に知れていたたまれずに退職とかされても後味悪いし、もう向こうが飽きて自主的にやめてくれるのを待とうかなって思ってて」

と堂上は自分が被害者なのに、犯人の立場を思いやるような手ぬるいことを言う。

これだからモテメンの思考回路は……、と佳人は眉を顰《ひそ》め、相手が非常識なことをしているんだから、こてんぱんに糾弾《きゅうだん》して二度とすんじゃねえぞって尻蹴《け》りあげるくらいしてもいいのに、と憤る。

実害はないと言うが、いつもどこかで誰かに見られているという心理的負担は大きいだろうし、不特定多数の人に画像が拡散することで「いいね！」だけじゃなく、どこかで歪《ゆが》んだ非モテ野郎の嫉妬を買い、旬のような理不尽な被害を受けたりする可能性もないとは言えない。

佳人は堂上を見上げ、吊革を摑んだのと反対の掌《てのひら》を差し出す。

「堂上、ちょっとその盗撮画像、俺に見せて。ほんとに放置でいいか厳罰《げんばつ》に処すべきか、俺が判定してやる」

自分になんの権限があるのかとチラッと思ったが、もう友人なんだから立派に権利はあるし、堂上に判断をゆだねると、不快な目に遭ってもモテメンの男気で我慢してしまい、敵はのうのうと好き勝手にのさばる一方に違いなく、自分が呵責《かしゃく》ない正当な判断をしてやるべきだと使命感に駆られる。

「え、汐入に？　……なんかやだな、自慢と思われたくないし、『かっこいい』とかいろいろ書いてあるから見られたくない」

と妙にもじもじされ、

「別に自慢してるなんて思わないし、風呂場の盗撮とかじゃないんだから、早く貸せって」

ほらっと有無《うむ》を言わせぬ勢いでもう一度掌を突き出すと、堂上はあまり気が進まない様子でのろのろとスマホを弄る。

相手が差し出したスマホを受け取り、

「……どれどれ、アカウント名とハンドルネームが『@TetsuLoveDou』に『ちょこマカロン』って、独創性《どくそうせい》ゼロだな。もっとひねれよ。きっと本人も没《ぼっ》個性で背景に溶け込むモブキャラに決まってる。俺もだけど」

と最初からいちゃもんつける気満々で画像をチェックする。

「……うーん、でもマカロンの奴、敵ながら盗撮うまいな。隠し撮りなのに笑顔も真顔もアングル完璧だし。つか、カメラの腕じゃなく被写体《ひしゃたい》がいいんだな。おまえスーツすげえ似合うし、ネクタイ何本持ってんだよ。この社員食堂で定食うまそうに食ってるのとか、エレベーター前で資料に目を落としてる横顔とか、マカロンが『超かっこいい〜♡』って悶《もだ》える気持ちがわかっちまうなぁ、これじゃ」

ブツブツ言いながら画像をチェックしていると、

「もういいだろ、恥ずかしいから返して」

と横から堂上が手を出してくるのを背中を向けて阻止《そし》する。

佳人は編プロ時代も私服通勤だったので、極上イケメンのスーツ姿の威力を目《ま》の当たりにし、これはマカロンが盗撮欲を抑《おさ》えきれないのも致し方ないかも、とついマカロン寄りになりながら投稿画像を見ていると、ほぼひとりで写っている中に、一枚三十代半《なか》ばの女性との2ショットがあった。

休憩スペースのような場所で仕事の話をしているのか、ふたりとも真面目な表情で向かい合っている一枚で、その画像についているマカロンのコメントが『私もT様の精子欲しい〜〜〜‼』で、佳人は「は⁉」と思わず大声を上げる。

T様というのはイニシャルトークで堂上を指しており、それまでは『今日もとうとみしかないT様♡』とか『T様がたけのこの里とアイスの実を買ってた。おやつかわいい♡』とかキモいがどうでもいいコメントばかりだったが、聞き捨てならないあからさまなコメントに佳人は目を剝《む》く。

……マカロンの奴、なにをとち狂ってこんなことを……いや、好きならそんな妄想だってするかもしれないが、『私も欲しい』ということは、この画像の女性も、という意味に受け取れるから、堂上はこの年上の女性と社内恋愛をしていて、「昨夜《ゆうべ》は最高だったわ。あなたの精液、活きがいいから」みたいなことを話してるのをマカロンが盗み聞きしてこんなコメントを書いたんだろうか。

思わず下世話な妄想をしてしまい、いや、でもさっきはフリーだって言ってたのに、と釈然《しゃくぜん》としない思いで堂上を振り仰ぐ。

「堂上、マカロンのこのコメント、どういう意味で言ってんの？　あとこの一緒に写ってる人は誰？」

友として直球で問うと、「……それは」とやや言い淀《よど》んでから堂上が言いかけたとき、車掌の車内アナウンスが流れ、次の停車駅が告げられた。

堂上の降車駅が近づき、もしここで話が途切れたまま別れて、「また近いうちに飯でも」という誘いが社交辞令だったらいつまでも真相が聞けなくてもやもやするし、盗撮魔対策も手助けできないままになってしまう。

こうなったら、もう自分から次の約束を取り付けてしまおうと思ったとき、

「汐入、まだ時間大丈夫だったら、降りてコーヒーでも飲まない？」

と堂上のほうから言ってきてくれた。

佳人は即答で「うん、いいよ」と頷く。

色校のチェックは帰ってからでも間に合うし、マカロンや「精子」の話だけじゃなく、まだいろんな話を堂上と話し足りない気がした。

きっと堂上もそう思ってくれたから二人だけの二次会に誘ってくれたのだと思われ、内心胸を弾《はず》ませながら一緒に電車を降りる。

駅前のコーヒーショップまで来ると、

「汐入、ここでもいいんだけど、うちここから三分くらいだから、うちで話してもいいかな。ちょっとさっきの続きは、相手のプライバシーにも関わるから、外じゃ話しにくくて」

と堂上が言った。

どうやら人に聞かれたくない話らしいが、自分には話してくれる気で、信頼してもらえていると感じられて嬉しかった。

それに友人づきあいを始めたばかりでもう自宅に招かれるなんて、やっぱりかなり心を開いてくれてるんだ、と思え、「うん、じゃあお邪魔する」と遠慮せずついていくことにした。

＊＊＊

堂上の自宅は大通り沿いにある五階建てのまだ築年数の新しそうなマンションで、突然訪《おとず》れたにも関わらず、掃除したてのように綺麗だった。

「うちとは大違いなんだけど……、堂上って、いつもハウスクリーニングを頼んでるの？　それとも、昨日まで実家のお母さんが泊まりにきてたとか？」

掃除は母親がするものというようなジェンダーバイアスは持たないようにしているつもりだが、堂上のようなかっこよくて仕事も忙しい男がこんなに綺麗な家に住むには誰かの手を借りているはずだと自分基準で考えながら問うと、

「いや、自分でやってるけど」

と事もなげに言われ、「嘘、これが通常状態なの⁉　マジで⁉」と佳人は目を瞠る。

え、うん、と佳人の驚愕《きょうがく》ぶりに逆に戸惑い顔で頷く堂上を異星人を見る思いで見やり、

「……こんな身近に富田林《とんだばやし》えりな先生の信奉者《しんぽうしゃ》がいるとは思わなかった。だって、俺が来るって決めたのつい三分前で、元々約束してたわけじゃないのに、なんでこんなに綺麗なの⁉　『ちょっと待ってて、片づけるから』とかもなく、まっすぐ入ってきたのに大掃除の直後みたいに綺麗なんて、すごすぎるじゃんか！　……やっぱモテメンはいついかなるチャンスも逃《のが》さず獲物を連れ込めるように、普段から準備を怠《おこた》らずに綺麗な部屋をキープしてるもんなんだな」

感心と呆れの混じった感想を漏らすと、

「別に連れ込もうと思って掃除してるわけじゃないよ。片付いてるほうが落ち着くし、定位置を決めて、使ったら戻せばいいだけだろ。汐入、さっきから『モテメンモテメン』ってちょっと悪意感じるよ」

とすこしムキになって否定される。

「いや、悪意なんてないけど、すごいな、さすがだな、俺には無理だなって思ってるだけ。俺の部屋なんか、遊びに行くって急に言われても絶対上げられないもん。三週間くらい前に言われてもきっと片付かないし」

ダメダメな事実を堂々と披露《ひろう》すると、堂上はクスッと笑った。

「そうなんだ。どんな部屋かちょっと興味あるから、もし一ヵ月前くらいに言えば上げてもらえる？」

おかしそうに笑みかけられ、うちに来る気もあるのか、とまた内心驚き、やっぱり堂上は本気で俺と友情を育《はぐく》む気なんだ、とまたも胸を弾ませる。

「んー、たぶん一ヵ月前でも片付かないと思うから、もう真の友ならありのままを見せても引かずに受け入れてくれると信じて、片付けない。おまえがうちに来る気になったらいつでも来ていいよ。でも地震が来たら命の危険があるし、俺は富田林メソッドのアンチだから、来るなら覚悟しといてよ」

西丸と会うのも外ばかりで部屋に招いたことはないが、もし本当に堂上が来ると言ったら、キッチン周辺ならすこしはスペースがあるから、そこでお茶くらいは出してやれる。

でもこんな整理整頓《せいとん》好きの男はうちになんか寄りつかないだろうと思っていると、

「わかった。じゃあ、今度汐入の仕事が一段落したときとかに、ほんとに遊びに行かせてよ」

と今度こそ社交辞令なのか本気なのか、堂上は前向きな発言をした。

いまお湯沸かすから、適当に座ってて、とソファを示され、爽《さわ》やかな青い布張りのソファに座る。

室内の趣味のいいインテリアを眺め、これがモテメンの部屋というものか、と感心しながらキッチンでコーヒーを淹《い》れる準備をしている堂上に目をやると、棚からコーヒーフィルターや瓶《びん》入りの挽《ひ》いた豆を取り出すのが見えた。

「え、そんなちゃんと淹れてくれなくていいよ、インスタントで」

お客様扱いしなくていいからと焦《あせ》って言うと、「あ、うちインスタントないんだ。ごめん、

そっちのほうが好きだったかな」と逆に気を遣われ、「いや全然、俺はなんだっていいんだけど、手間かけさせて悪いなと思って」とモテメンはインスタントなんか飲まないのか、と内心驚きながら答える。

美しく片付いたキッチンのカウンターで、細長い注《そそ》ぎ口のついたステンレスのコーヒー用ケトルからドリッパーにゆっくり湯を注ぎ分けて丁寧にコーヒーを淹れる堂上を見ていると、若いイケメンのマスターがいるカフェにいるのかと錯覚しそうになる。

次々息をするようにモテメン検定一級クラスの技を繰り出す堂上に、いったいどういう環境で育つとこういう男が完成するのか、家族構成や教育方針や影響を受けた人や物など、詳しくインタビューしたくてたまらなくなる。

まあ、堂上は取材時間に制限がある取材対象じゃないし、今後の友人づきあいの中でおいおい知る機会はあるだろう、家に行き来するような仲になるんだし、と口元をにんまりさせていると、「お待たせ」と堂上がオフホワイトの揃いのマグカップを持って戻ってくる。

なんの豆かも知らないが、きっとこだわりの銘柄《めいがら》であろういい香りを嗅《か》ぎながら礼を言ってマグを受け取ると、堂上は二人掛けのソファの隣には掛けず、対面するように床に座った。

いただきます、とイケメンマスターの淹れたコーヒーに口をつけると、インスタントに慣れたバカ舌にもはっきり違いがわかる美味《おい》しさだった。

ほう、と味わいつつ、

「堂上、コーヒー超旨《うま》いよ。けど、きっとこういうおまえにとってはなんでもない振る舞いが、マカロンみたいな勘違い女を引き寄せちゃうんだと思うぞ。そうだ、『私も精子が欲しい』の続きを聞かせてよ」

しばしお預けにされていた話の続きをせっつくと、堂上は「あ、うん」と一口コーヒーを含んでから口を開いた。

「俺と一緒に写ってた人は直属の上司で、風坂《ふうさか》さんっていうんだけど、その、レズビアンで、女性のパートナーと事実婚してるんだ。うちの会社って社長もゲイを公言してるし、社内風土としてマイノリティを特別視しないで、能力があれば性別やルーツや性的指向に関係なく上に登用《とうよう》されるし、属性をオープンにしてる人も多いんだ」

「へえ、ザザって先端行ってるね。つか、それが世界水準として目指すべきことだけど」

堂上がマカロンの件を除けば、いい職場環境の会社で働けていることや、あの2ショットの女性が堂上の社内恋愛の相手ではなく、パートナーのいるただの上司だとわかり、なんとなくホッとしながら相槌《あいづち》を打つ。

「うん。それで、風坂課長と相手の女性はどっちかの卵子を使って体外受精で子供を持ちたいって熱望してるんだ。けど、生殖補助医療を受けられるのは法的に認められた男女の不妊カップルだけで、女性のカップルだと現状ダメらしくて、ネットで売買してる闇精子とかも検討したんだけど、精子だけを容器で渡すんじゃなく直接注入させろって言ってくる輩《やから》とか、高額を要求してくる奴とか、足元見てくる悪辣《あくらつ》なのも多いらしくて、思いあまって、迷惑は百も承知だけど俺に精子を提供してくれないかって頼まれて」

「え……、ええっ、おまえの精子を？　くれって言われて、あげたの⁉」

予期せぬ方向に進んだ話に驚いて、コーヒーをぶちまけそうになりながら叫ぶ。

堂上は神妙な面持《おもも》ちで首を振った。

「いや、まだちょっと決めかねてて保留にしてもらってる。風坂課長のことは尊敬してるし、真剣に子供を欲しがってて、たぶん虐待《ぎゃくたい》とかする男女の夫婦よりよっぽど授《さず》かる権利があると思うんだけど、人ひとりの命に関与するって重大なことだし、献血みたいに『どうぞ』とは言えなくて……」

「そ、そりゃあそうだよな……」

子供を望む同性カップルの置かれた状況が大変なことは同情するし、社会制度の改善を望むが、それを頼まれてしまった堂上の葛藤《かっとう》も想像に余りあり、どうしたらいいのか佳人まで頭を抱えたくなる。

「……たぶん、おまえのＤＮＡを受け継げば頭も顔も性格もいい子になると思うし、相手も大切に育ててくれそうだし、人助けになるかもしれないけど、いくら尊敬する上司でも、その人の一生を左右する頼みごとをされても困るよな……。提供するだけでなんの責任もないっていくら言われても、誰の子として育ってるかわからない場合ならともかく、知り合いからの頼みで、自分の遺伝子を持つ子の所在がわかってるのに、完全に知らんぷりでいいのか迷うだろうし、将来その子がお父さんに会いたいって思うかもしれないし、善意で精子をあげただけで終わりにできる問題なのかわからないし、もし俺だって頼まれたらパニックになっちゃうよ」

自分が頼まれることは皆無《かいむ》だろうが、ハイレベルのモテメンというのは盗撮されたり、精子提供を望まれたり、平和な雑魚キャラには思いもよらない波乱万丈《はらんばんじょう》な目に日常的に遭ってるんだな、と哀れを催《もよお》す。

堂上は床から佳人を見上げ、やや安堵するような表情を浮かべた。

「ありがとう、肩持ってくれて。もっと軽く考えて、課長たちの卵子が一日でも若いうちに協力したほうがいいのかなって思ったり、でも結婚してるわけでもないただの部下だし、とか悩んでて、課長は自分たちの子として全力で愛し育てるからって言ってくれててそれは疑ってないんだけど、踏ん切りつかなくて……。協力したい気はあるけど、無責任に即答はできなくて、もうちょっと考えさせてほしいって言ったんだけど、それをマカロンに聞かれてたみたいで」

「……そうなのか……」

そんなセンシティブな話を会社の休憩スペースでするなよ、とも思うが、二人が真剣に相談して悩みながら答えを探しているのを盗み聞きして、『私も精子が欲しい』などと能天気なことをほざくマカロンに情けをかける余地《よち》は一ミリもなくなった。

三ヵ月もの間、頻繁に盗撮に明け暮れ、まともに仕事をしてるのか疑わしいし、あんなにシャッターチャンスを逃さないということは結構近い席にいる同僚だったりするのかもしれない。

　さっさと犯人を特定して全社員の前で吊るしあげるべきだと思うが、堂上はそこまでは望んでおらず、自主的な盗撮行為の終了でケリをつけたがっている。

　堂上は存在するだけで人目を引くイケメンのうえ、モテたいわけではないのにクラスメイトの俺にさえ無自覚にモテテクを披露してしまう無差別モテテロリストだから、このままではマカロンは盗撮をやめるどころか堂上への恋心と邪心《じゃしん》を募《つの》らせ、盗撮以上の行為にエスカレートする恐れもある。

　たとえば仕事後に食事や飲みに誘い、飲み物に睡眠薬や催淫剤《さいいんざい》を混ぜ、朦朧《もうろう》とした堂上に跨《また が》って勝手に精子を絞《しぼ》り取るくらい、マカロンならやりかねないかも……、と見たこともないマカロンの悪行《あくぎょう》をまざまざと妄想して佳人は引き攣《つ》る。

　現行《げんこう》の制度の不備で正規のルートでは入手困難な女性上司ならまだしも、マカロンごときに堂上の貴重な精子を一匹たりとも渡してなるものか、と佳人はめらめらと闘志を燃やす。

　佳人は目を据《す》わらせて、すこしぬるくなったコーヒーを飲みながら頭をフル回転させ、なんとか友を守る方法を考える。

　最後の一口を飲み終わり、佳人はやや下にある堂上の目をじっと見ながら言った。

「堂上、俺とおまえは高校時代はただのクラスメイトに過ぎなかったが、今日からは真の友になったと思うから、忌憚《きたん》ない俺の提案を聞いてくれ。マカロンがおまえを盗撮するのも、風坂さんが精子提供を打診してくるのも、おまえがかっこよくて優秀なうえに無駄に好感度が高くて嫌われる要素がないせいだ。だから、明日から顔がいいだけのクソ野郎に路線を変えよう。非モテの俺がマンツーマンで指導してやる」

「……え？」

なにを言われたのかわからない様子で目を丸くする表情までイケているが、佳人は厳しい表情を崩さずに続けた。

「おまえが無差別モテテロリストのままだと、マカロンは一向に盗撮をやめないだろうし、第二第三のマカロンが出てくるかもしれない。マカロンはおまえがフリーって知ってて、あわよくば彼女になりたいけど、おまえが上物《じょうもの》すぎて普通のアプローチができないから盗撮に走ってるに違いない。だから、マカロンを撃退するには、まず好感度を下げて嫌われることと、それと並行してもう恋人ができたからおまえなんかお呼びじゃないってフリをして、諦めさせてやればいい」

そこで言葉を切り、佳人は内心の気恥ずかしさを堪《こら》えてコホンと咳払《せきばら》いしてから言った。

「それで、もしおまえが嫌じゃなければ、おまえの偽の恋人役、俺がやってやる」

＊＊＊

「……え？」

ぽかんとした顔で訊き返され、含羞に駆られて佳人は薄く顔を赤らめる。

雑魚キャラの分際で堂上の恋人役など力不足という自覚はあるが、事を荒立てずにマカロンの行為をやめさせるには、これがベストの方法だと思った。

イケメンに熱を上げて盗撮に走る女子の心理として、最初から恋人がいると知ってても容姿に萌えている場合と、フリーならいつか自分にもチャンスがあるかも、と期待している場合では、相手に恋人ができたと知った後の反応は後者のほうが落胆や熱の冷め方が大きいはずである。

偽装恋人役は堂上の女友達に協力を要請してもよかったが、それだとマカロンや他の女子が「あの人と別れたら次は私と……！」と希望を捨てきれないだろうから、女子には門戸《もんこ》が開かないと思わせたほうが二次被害を防げるし、自分が相手役ならマカロン以外の同僚や上司に性指向について言及されたとしても、「あれは高校のクラスメイトです」と言い抜けられる。

ザザ・コミュニケーションズにはＬＧＢＴＱ＋の社員も多いと聞いて思いついた作戦だが、堂上にもゲイのフリをしてもらえば平和的に変な虫を追い払える。

完璧な計画だと思ったが、堂上は目を瞠って佳人を見つめ、

「……えっと、恋人のフリって、汐入は…ゲイ、じゃないよね……？」

とおそるおそるのように確かめてくる。

職場にたくさんいるそうなのに、なんでそんなに驚くんだよ、もしかしてマカロンの次は俺に狙われたと思って焦ってるんだろうか、と思いつつ、

「違うけど、フリくらいできるし、困ってるおまえを救うために身体張る気でいるんだよ。俺は一度心を開いて打ち解けた相手には友情篤いタイプなんだ」

と胸を張ってきっぱり言うと、堂上は数度目を瞬き、「そっか、友情か」と納得したように何度か頷いた。

「俺にも篤い友情分けてくれて嬉しいけど、マカロンが誰だか特定できてないのに、恋人のフリってどうやって演じてくれる気でいるの？」

そう訊ねてきた堂上の目にはすこし面白がるような色が浮かんでおり、自分の提案を受け入れる気になってくれたのだとわかった。

佳人は悪戯《いたずら》を企む男子高校生のような気分と顔つきで堂上のほうに身を乗り出し、

「月曜から、おまえの仕事が終わる頃にザザの本社の出口で出待ちしてやる。マカロンは毎日じゃないけど帰りがけのおまえをホームとか途中のコンビニとかで盗撮してるから、俺がさりげなくキョロキョロして、怪しい奴がいないか調べてやる。ついでに恋人っぽく帰る姿を見せ

つけたら、マカロンは『なんなの、あのチビ。まさか……』って思って、おまえに何食わぬ顔して『堂上くん、最近よく一緒に帰ってる人いるよね。お友達？』とか探りを入れてきて尻尾《しっぽ》を出してくるかも。あとマカロンがおまえを夕飯に誘って一服盛るのを避けるためにも、俺が毎日迎えに行ってガードしてやるから、キャッキャウフフ仲良さげに一緒に帰って、マカロンに『くっ、男の恋人がいるなら、見込みはないから盗撮する気も失《う》せたわ』って思わせてやろうぜ」

とプランを伝えると、堂上は「……キャッキャウフフ……？」とそこに引っかかったのか遠い目で繰り返してから、小さく首を振る。

「でも、それだけのためにわざわざ時間割《さ》いて通ってもらうなんて、悪いよ。汐入はいつも家に引きこもって仕事してるって言ってたのに」

こちらを気遣って遠慮する堂上に安心させるように笑みかけ、

「それは気にしなくていいよ。ほんとに締め切りがヤバいときはやめるし、俺の仕事はどこでもできるから。電車の中でもファミレスでも、うるさいとこでも書けるし、資料も読めるから、机の前じゃなくても大丈夫だよ。本物の引きこもりじゃないから外出が嫌いなわけじゃないし、帰りはおまえのモテメン度を下げる指導の時間にすれば無駄にはならないし」

と時間に融通《ゆうずう》のきくフリーランスの利点をアピールすると、堂上は「でもやっぱり汐入の負担が大きいし……」と迷うように考えこむ。

しばしの間のあと、

「じゃあ、迎えに来てくれた日は俺が夕飯を奢《おご》るから、それで御礼の代わりにさせてくれない？　どこでもできるっていっても、やっぱり仕事の邪魔して迷惑かけるわけだし、汐入にもメリットがないと心苦しいから」

と律儀《りちぎ》に申し出てくれた。

友達なんだから御礼なんていらないのに、と思ったが、固辞《こじ》すると「じゃあやっぱり遠慮する」と言いそうだったし、もし高校時代から仲良くなれていたら、たまには一緒に下校してファストフード店でハンバーガーを食べたりできたかもしれない。

幻の下校時バーガーの代わりに大人ご飯をありがたく奢ってもらおうかな、と佳人は笑顔で申し出を受けることにした。

＊＊＊＊＊

『いま終わったから、これからエレベーターで下に降りるね』

月曜の夜、渋谷のザザ・コミュニケーションズ本社に近いコンビニのイートインで堂上《どうがみ》からのメッセージを読み、佳人《よしと》は「おぅ」と小声で返事をする。

原稿を書いていたモバイルを帆布《はんぷ》バッグに入れ、空《から》のコーヒーの紙コップをくしゃりと丸めて立ちあがる。

堂上と具体的な待ち合わせ方法について相談し、大抵十九時頃には上がれるが、日によっては遅くなることもあるので、佳人が近くのコンビニやファミレスで仕事をしながら待機して、終業《しゅうぎょう》の目処《めど》がついたら堂上が連絡を入れ、佳人が入口前まで移動するということにした。

一階部分がピロティになっている社屋《しゃおく》の柱のひとつに背を預け、堂上が現れるのを待つ。

高校時代に堂上の部活の終わりを校門で出待ちしていた女子たちはこんな気持ちだったのかな、となんとなくシンクロしてワクワクそわそわしながら待っていると、入口にスーツ姿の極上イケメンを認めた。

あ、出てきた、と小さく手を振ろうとしたら、

「汐《しお》…佳人！」

と満面の笑みを浮かべて堂上がこちらに駆けてきた。

事前の打ち合わせで、マカロンに仲良しアピールするためにお互いに苗字《みょうじ》ではなく名前で呼ぼうと堂上に提案され、わかったと返事をしたものの、いざ本当に呼び捨てされると慣れずに

照れくささがこみ上げる。

並んで歩きだしながら、

「えっと、仕事お疲れ」

「そちらこそ、お疲れ。待たせてごめんね。……けど、ほんとに来てくれたんだなって、玄関出て顔が見えたとき、すごく嬉しかった。さっき『いま着いたから、コンビニで待ってる』ってLINEもらったし、来てくれたのはわかってたけど、ほんとにいる！って思って。ありがとう、佳人だって忙しいのに俺のためにこんなことまでしてくれて」

と心からの口ぶりで感謝され、「だから俺は友達甲斐《がい》がある奴だって言っただろ？」と照れ隠しに軽く背中をどつく。

やってしまってから、これじゃただの男友達のやりとりで、恋人同士には見えないかも、と急いでどついた背中をすりすり撫で、

「ねえ堂…じゃなかった、哲也《てつや》、……うわ、やっぱり待って、聞くのも言うのも呼び捨ては照れくさい。『哲《て》っちゃん』とかのほうが照れずに言えそうだから、仇名《あだな》でもいい？　そっちも『よっしー』でいいからさ」

高校時代も再会してからもずっと苗字で呼んでいたので、いくら対マカロン用の演技でも上位カーストを「哲也」と呼び捨てするのはハードルが高く、変更を打診する。

堂上は照れくさがる佳人をおかしそうに見おろし、

「でも『てっちゃん』ってたまに無性に食いたくなる旨いもつ鍋屋の名前と一緒だし、『てっちゃん』『よっしー』呼びだとただの友達感が強いから、やっぱり『哲也』『佳人』のほうがいいと思うな」

と楽しげに言う。

佳人は薄赤い顔で口を尖らせ、

「そうとは限らないよ。だって高校時代からつきあってる設定だったら、『てっちゃん』『よっしー』呼びのまま大人カップルになった可能性もあるじゃん」

とそこまで細かく偽装恋人の設定を練る必要もないのに主張すると、堂上はしばし吟味《ぎんみ》するように間をあけてから言った。

「高校時代からのカップル設定は悪くないけど、『よっしー』は却下。だって西丸《にしまる》もそう呼んでるから、偽装でも恋人だけの呼び方がいいし」

「……え、そこそんなにこだわる演出ポイントかな」

マカロンは西丸のことなんか知らないんだから西丸がなんて呼んでいようが関係ないのでは、と内心首をかしげつつ、堂上が譲《ゆず》らないので仇名呼びは諦め、なるべく名前は呼ばずに『おまえ』で通そうとひそかに思う。

さりげなく背後を振り返り、いまにも盗撮態勢だったり、こちらに過度に意識を向けている不審人物がいないか視線を彷徨《さまよ》わせてみる。

近辺の女性は全員歩きスマホだったが、露骨《ろこつ》に怪しげな様子の人は見うけられなかった。

今日は尾《つ》けてないのかな、俺が振り向いた瞬間にサッととぼけたのか、やっぱり風景と一体化するモブなのか、などと思いながら、佳人は顔を戻して堂上の肘《ひじ》のあたりを摘《つ》まんですこし引き、ほかの人には聞こえないように声を潜《ひそ》めた。

「マカロンが見てるかわからないけど、一応いちゃいちゃ仲良くくっちゃべってるように見せかけつつ、おまえの好感度を下げるための特訓を始めるぞ。明日からマカロンやおまえを狙う女子があれこれ素のおまえを知りたがって質問してきたら、本当の答えじゃなく、『ゲッ、堂上さんて感じ悪っ！　キモッ！』ってドン引きされるような返答を心がけてほしい」

「え……、キモい返答ってちょっとよくわからないんだけど」

困った笑い顔で「たとえばどんな答えが正解なのか教えてよ」と請われ、佳人は頭の中でいくつかシミュレーションしてから言った。

「じゃあ、俺が質問するから、おまえはいつもどおりひねらず素で答えてみて。それを俺がクソ野郎バージョンに添削《てんさく》してやる。……まず、『堂上くんは恋人に手料理を作ってもらうならなにがいい？』って聞かれたら、どう答える？」

「んー、俺別に好き嫌いないからなんでもいいけど」

あっさり答える堂上に「違ーう！」と佳人は早速ダメ出しする。

「そこはな、女子はきっと『肉じゃが』って返ってくるだろうと思って、肉じゃがだけは上手に作れるように腕磨《みが》いたりしてんだよ。だからそれを逆手《さかて》に取って、『やっぱり肉じゃがかな。でも俺、ちょっと肉じゃがには一家言《いっかげん》あって、肉は百グラム八千円以上の神戸牛じゃないとまずくて吐くし、玉ねぎは淡路島《あわじしま》産、芋《いも》は北海道産インカのめざめ限定、顆粒《かりゅう》だしじゃなく利尻《りしり》昆布《こんぶ》からだしを取り、うちの母と寸分《すんぶん》違わぬ味つけじゃないと口に合わないから食べないけど』が模範解答だ」

ドン引き確実のクソ回答を告げると、「それ、最悪にやな奴じゃん」と堂上が顔を顰《しか》める。

「だから感じ悪い返事の特訓だって言ってんだろうが！　主旨わかってんのか⁉　次行くぞっ。『堂上くんの好きな映画って何？』って聞かれたら？」

と矢継《やつ》ぎ早《ばや》に設問を繰り出す。

「……ええと、普通に答えると『ショーシャンクの空に』とか『チャリングクロス街八十四番地』とか『クールランニング』とかが好きだけど」

「ダメダメッ、そんな観た後心が清々《すがすが》しくなる良作《りょうさく》じゃ好感度上がっちまうから、『死霊のはらわた』とか『変態仮面』とか言え！」

「え、『変態仮面』なんて見たことないよ」

「いいんだよ、『堂上さんが好きだって言うから見てみたんですけど、私もすごく気に入りました～』って言えないタイトルをあげなきゃダメなの！　とにかく、俺とか素を見せてもいい人間の前以外では、なに聞かれても『堂上さんってこんな人だったの……？』って幻滅《げんめつ》される変な答えしか言うな！」

びしっと断じると、堂上は噴き出すのを堪《こら》えるように口元をもごつかせながら「……わかった」と頷いた。

「じゃあ、次は『堂上くんの好きな食べ物ってなに？』って聞かれたらなんて言う？」

「ええと、ほんとはエビチリと五目《ごもく》かた焼きそばだけど、『新宿タカノのメロンパフェ』とか言えば似合わないからキモいだろうし、タカノって限定したら感じ悪いかな？」

「バカ、逆だっ！　女子は大抵パフェ好きだから、『え、堂上さん、パフェお好きなんですか？　嘘、意外～！　タカノのパフェ、私も憧《あこが》れてたんですけど行ったことないから、是非《ぜひ》一緒に行きましょうよぅ～！』とか言われちゃうに決まってんだろ！　ここは『そうだな、くさやかな』とか、『ジャングルにいる生食《なましょく》でうまい芋虫《いもむし》って食ってみたいよね』とか『ハブ酒に浸《つ》かったハブの生かじり』とかノルウェーだかスウェーデンの世界一臭《くさ》い魚の缶詰とか言っとけ！」

「……なんだっけ、その缶詰、『シュールストレミング』とかなんとかいう名前だった気がするけど、佳人は食べたことあるの？」

「ないよ、そんなもん。俺、臭いのもゲテモノも嫌いだもん」

などと色っぽい恋人感は皆無《かいむ》ながら、気の置けない親しい間柄には充分見える空気を醸《かも》しつつふたりは駅に向かった。

＊＊＊

夕飯はなにを食べたいか聞かれたとき、高校時代には叶わなかったファストフード店に行きたいと言おうかと思ったが、稼《かせ》ぎのよさそうな相手にチープな食事を所望《しょもう》すると、舐《な》めているかのように思われてもいけないので、そんなに高くもなさそうな、堂上がたまに行きたくなるというもつ鍋屋に連れていってもらうことにした。

ホームや改札口で急に振り返って目が合う人がいないか調べてみたが、該当者《がいとうしゃ》はなく、ガード下に連なる飲み屋街の一軒『もつ蔵《ぞう》 てっちゃん』に連れ立って入る。

「……おまえがこういう店に来るって、ちょっと意外だった。オシャレなイタリアンやフレンチの店がテリトリーな顔してるのに」

煤《すす》と油でぎとついた十人も入ればいっぱいになる狭くて小汚い店で、だみ声の親父さんが作るもつ煮込みやホルモン焼きは安くて旨《うま》くてボリュームがある。

俺はこういう店好きだけど、堂上のイメージじゃないな、と思いつつ言うと、

「じゃあ次はそっち系に連れてくよ」

と堂上はにこやかに笑う。

「ここは大学の先輩に教えてもらったんだけど、美味《おい》しいからハマっちゃったんだ」

「へえ、サークルの先輩？」

堂上は煌星大《こうせいだい》にそのまま進学したが、佳人は少しでも学費の面で親孝行しようと国公立に進み、大学以降のことはなにも知らないので訊ねると、

「ううん、サークルじゃなく部のほう。馬鹿の一つ覚えで大学でもバスケ続けてたんだ」

「そっか、高校の頃もめちゃうまかったもんなぁ。俺、体育の授業でバスケやったとき、おまえと1ON1させられて泣こうかと思ったもん。俺の渾身《こんしん》のディフェンス越しにひょいって超ロングシュート決めちゃってさ。大学でもさぞかし女子にキャーキャー言われてたんだろう」

「そんなことないよ。……あ、キャーキャーと言えば、しばらく前にこの店にすごいかっこいい子がバイトしてたんだけど、その子役者になって、『きっと最後の恋だから』っていう旬《しゅん》のドラマに出てたんだよ」

知ってる？　と問われ、佳人は目を瞠《みは》る。

「えっ、神永怜悧《かみながれいり》のこと？　知ってる知ってる、そのドラマ見てたし、いまブレイク中じゃん。すごい、あの子がここでバイトしてたんだ！　そのとき会ったことある？」

思わずミーハーに訊ねると、堂上はにこやかに頷く。

「うん、すごく愛想《あいそ》よくて、気がきいて、人と話すのが好きみたいで、年配のお客さんとかに

も物おじせず話しかけたりして、常連さんにも人気あったよ」

「へえ、やっぱり芸能界に入るような人は、誰とでもすぐ打ち解けられるオープンマインドなタイプが多いのかな」

そう口にした直後、A組から羽ばたいた国民的スターは死ぬほど内気でビビリで人見知りだったことを思い出す。

堂上も同じことを思ったらしく、

「まあ、違う奴もいるけどね」

と苦笑され、佳人も笑いながらつくねピーマンを齧《かじ》る。

「俺、クラス会のリモートで卒業式ぶりに素の旬見たけど、相変わらずキラッキラだったね。おまえよく高校の頃旬と普通に友達やれてたな。まあ、おまえも超イケてたから、神々《こうごう》しい二人組だったけどさ」

ふたり並んだビジュアルの美しさを思い出してほわんとしていると、

「別に、顔で友達になるわけじゃないし、あいつとは中等部から一緒だったからさ。……佳人だって、あの頃は西丸しか友達いらないみたいなとこあったよね。俺が話しかけても、『え、なんで声かけてくるの』みたいな顔されて、『用が済んだら早くどっか行け』みたいな態度取られたけど、西丸とはまさにキャッキャキャウフフ笑ってしゃべってて、俺なんかおまえに笑顔向けられたの、バレンタインのお裾分《すそわ》けしたときだけだよ」

「え……」

レモンサワー一杯で酔ったわけでもないだろうが、目を眇《すが》めて軽く絡《から》まれ、佳人は慌てて弁解する。

「……いや、『早くどっか行け』なんて上から目線で思ってないよ。俺のほうがおまえとまともに口きく資格もない雑魚《ざこ》なのにしゃべってすみませんみたいな気持ちだったんだ。俺、あの頃、チビでメガネで平凡で……いまもコンタクトにしただけでたいして変わらないけど、おまえらとは釣り合わないっていう気持ちが強かったから、上位カーストと話すときは緊張して、用件以外の雑談とか気楽に話せなかったんだよ。いま思うとおまえとも旬ともももっといっぱい話しとけばよかったなって思うけど」

チョコをくれた時以外にも堂上が話しかけてくれたかどうかさっぱり忘れたが、記憶力のいい相手には覚えがあるらしく、当時の自分の事情を打ち明けて誤解を解こうとすると、堂上は少し驚いた顔で佳人を見た。

「……俺、おまえが平凡とか雑魚キャラなんて思ったことないよ。当時から、すごいちゃんと自分の考えを持ってる男気のある奴だって思ってた」

「え、なんで？　どこが？」

今度こそ誰かと勘違いしているのでは、と目を丸くして問うと、

「宮原《みやはら》先生が退職したとき、おまえの取った行動に感心してたんだ。俺も一緒にやるとは言え

なかったけど」

と言われ、佳人は「……あぁ、あれか……」と自分がした青臭《あおくさ》い行為を思い出す。

現国の宮原隆《たかし》先生は当時四十七歳で、巨漢《きょかん》だが穏和《おんわ》で授業も面白く、生徒に人気のある教師だったが、ある日突然化粧をして女性の服装をして教室に入ってきた。

そういうネタで笑いを取るようなタイプではなかったのでクラス中唖然《あぜん》としたが、なにかオチのあるギャグなのかとネタばらしを待っていたら、先生は真顔で自分はトランスジェンダーだとカミングアウトした。

子供の頃から女性として生きたかったが、常識や世間体に囚《とら》われて男を擬態《ぎたい》してきた、でも人生も半分を過ぎ、このまま自分の中の違和感を抑《おさ》えつけて普通を演じ続けるのは限界になり、自分に正直に生きようと決めた、教師として、無様《ぶざま》でも偽《いつわ》りのない姿を見せることで、いろんな生き方があり、周りと同じじゃなくても自由に生きていいのだと伝えたかった、と真摯《しんし》に語った。

宮原先生はその後三週間女装を貫《つらぬ》き、生徒たちも最初の衝撃から割合すんなり立ち直り、『キモイ』などとヤジったり、授業をボイコットしたりすることもなく受け入れていたのに、保守的な保護者たちが聞き知って、子供に悪影響しか与えない女装の教師を辞めさせせろと激しく糾弾《きゅうだん》した。学校側に男装に戻るよう説得されても拒否した宮原先生は、ＰＴＡへの釈明集会のあと自宅待機となり、そのまま退職に追い込まれてしまった。

自主自立と自由を尊《とうと》ぶ校風だったのに、生徒の意向も問わずにマジョリティの論理で宮原先生の人権を守らなかった学校に対し、新聞部一同は憤《いきどお》り、号外を出して抗議した。

結果としてはどうにもならず、納得いかないまま引きさがるしかなかったが、どうしても遺《い》憾《かん》の意を表明したくて、佳人はひとりでささやかな抗議行動をした。

まさか堂上がそんなことまで覚えているとは思わず、佳人はうっすら赤くなる。

「……あんなのただの自己満足だったし、一番後ろの席で、チビの空気キャラだったから、誰も注目しないと思ってやったんだけど、おまえ、ほんとに記憶力いいな。クラスでも西丸にしかいじられなかったのに」

「いや、みんな号外読んでおまえの気持ちがわかってたから、誰もからかったりしなかったんだよ。俺も先生を辞めさせるなんておかしいと思ってたけど、なにも行動しなかったから、おまえはすごいなって尊敬した」

「……」

花で言えば大輪の薔薇《ばら》かゴージャスな胡蝶蘭《こちょうらん》のような堂上に、道端の掃溜菊《はきだめぎく》くらいちんまい小花が称賛《しょうさん》されたようなもので、こそばゆさと嬉しさと戸惑いで挙動不審になりそうになる。

尊敬したなどと過分《かぶん》なことを言われると尻の据《す》わりが悪いが、当時佳人は号外に『僕は弾劾《だんがい》する』という署名記事を書いた。

『宮原先生はスカートを穿《は》いただけで、法を破ったわけでもないのに不当に職を奪われた。奇《き》異《い》に見えても、中身は僕らの敬愛する先生に変わりはないし、それが本来の先生らしい姿だったのに、不寛容な大人たちによって異物として排除されてしまった。誰にも人の生き方を侮《ぶ》辱《じょく》する権利はない。先生は自《みずか》ら手本となって、ありのままの自分で生きること、人と違ってもいいし、違いを認めあえる人間になってほしいと僕らに行動で示してくれた。先生が隠さずに本当の姿を見せてくれたことで、いま誰にも言えずにひとりで悩んでいる誰かが勇気づけられたかもしれないし、心が救われたかもしれない。僕は人を外見や属性で判断するのではなく、人間性を重視したいし、違いを拒絶するような狭量《きょうりょう》な人間にはなりたくない。自分らしく生きようとしただけで責められる世の中なんておかしい。誰もが偽らざる自分で幸福になる権利があるのだと身をもって教えてくれた宮原先生のような先生こそ、本当の意味での教師だと僕は思う』

というような、自分もその頃は上位カーストを外見や属性で避けていたくせに己の狭量さは棚上げした青くて熱い記事を書き、部員全員で校長先生に直訴したが処分は撤回《てっかい》されず、せめてもの反意に佳人は翌日一日スカートを穿いて授業を受けた。

ちょうど体育祭の応援合戦用にチアガールの衣装を渡されていたので、上は普通のブレザーとネクタイのまま、下だけミニスカートという意味不明のスタイルで一日通した。

性自認が女性という点は違うが、先生と同じようにスカートを穿いても汐入《しおいり》佳人という一個人に変わりはなく、こんなことで退学になるなら理不尽極まりないし、同様に先生の退職も理不尽だ、と行動で訴《うった》えたかった。

全身チアガールの格好をすればもっとデモ行為になったと思うが、根が小心なのでつい教壇の教師から丸見えにはならず、クラスメイトからも気づかれないような後ろの隅の席でこっそり半端《はんぱ》な女装をたった一日しただけなのに、『勇気がある奴だと尊敬した』などと言われてしまい、内心おろおろしてしまう。

佳人は照れ隠しにテーブルの下で堂上の革靴の爪先《つまさき》を軽く小突く。

「……ほんとにおまえって無差別モテテロリストだな。俺相手にさえそんな簡単に嬉しがらせるようなことを言えちゃうってことは、絶対マカロンやほかの女子にも無自覚にキュンキュンするようなことを口走ってるに決まってるから、明日からもびしびしクソ野郎講習続けるからな」

ウーロンハイをぐびっと呷《あお》りながら言うと、

「わかりました、汐入先生。どうか俺を一人前のクソ野郎にしてください」

と殊勝《しゅしょう》な顔で言う堂上と目を合わせて同時に噴きだす。

「そうだ、宮原先生っていえば、俺、去年新宿ゴールデン街の名物ママ特集の取材にいったとき、先生に会ったんだよ。哲学バーの博識人情《はくしきにんじょう》ママしてた」

偶然ばったり再会していたことを伝えると、堂上は目を見開き、

「……嘘、すごい転身だな」

と驚きつつ、「元気そうだった？」と訊いてきた。

「うん、パートナーもできてぼちぼち幸せにやってるって。体の大きさは変わってなかったけど、化粧の腕はあがってたよ」

笑って報告すると、堂上もほっと安堵《あんど》の笑みを浮かべた。

「そうなんだ、よかった。学校辞めたあとどうなっちゃったのかなって思ってたから、ぼちぼち幸せなら、まあまあってことだよね」

先生の処遇《しょぐう》に反対でも行動に出なかったことを悔《く》いているようだったから、その後先生が無事に居場所を見つけたと知ってすこしは心の引っ掛かりが取れたらしい。

そんな先生がいたことを雑事に追われて忘れている級友もいるだろうが、記憶力のいい堂上は、ふと思い出して案じたりすることもあったのかもしれず、優しい男だな、とひそかに思う。

誰のことも関心を持って見ていたからよく覚えているのだろうし、自分のことも含めて本当にハイスペックの記憶量でいろいろ覚えてるんだな、と感心していると、

「佳人、今度宮原先生のお店に一緒に行かないか？　俺もいまの先生に会ってみたいし、連れてってよ」

と誘われた。

うん、いいよ、と快諾《かいだく》しながら、思い出の先生のいる哲学バーにふたりで飲みに行けるなんて、大人になってから友人になるのもなかなかオツかも、と佳人は思った。

＊＊＊＊＊

「……佳人《よしと》って、電子書籍は買わないの？」

それからしばらく経《た》った日曜日、本当に家にやってきた堂上《どうがみ》はテトリス状態の本のタワーを眺めながら言った。

「電子も買うけど、紙の本のほうが好きなんだもん。ページをめくりながら読みたいんだよ。それに電子だと早く目が疲れちゃうし」

コンロの前で返事をしながら、昨夜《ゆうべ》剝《む》いたリンゴの皮と芯を一晩漬《つ》けておいた水を沸かして紅茶を淹《い》れる。

一応半分だけ片づけたテーブルの席に座らせ、マグカップを渡すと、

「アップルティー？　なんかほわっといい匂いがする」

と堂上はにこやかに湯気《ゆげ》を嗅《か》ぐ。

いつもは本が積んである向かい側の椅子に掛け、

「これ、こないだグランピングの取材に行ったときに教えてもらったんだ。いままでリンゴの皮や芯なんてすぐ捨ててたけど、こうすると、普通のティーバッグでもプチアップルティー感出るんだよ」

丁寧にハンドドリップでコーヒーを淹れてくれたイケメンカフェマスターに、生ゴミ一歩手前の皮と芯のアップルティーなんて出すべきじゃなかっただろうか、とふと思ったが、堂上は機嫌よさそうに紅茶を啜《すす》り、雑然《ざつぜん》とした部屋にも動じずに視線をめぐらせる。

「こう言っちゃなんだけど、佳人の部屋って絶対恋人いない人の部屋だよね。ベッドの上も三分の二ぐらい本で埋まっちゃってるし、人を招く気ゼロって明確に伝わってくるレイアウトだし」

妙に楽しげな口ぶりに、事実だが、なんでそんなにニコニコしながら言ってんだ、と思いつつ佳人は続けた。

「招く気ないのに特別に上げてやったんだぞ。おまえのイメージ下げコンサルタントとして実物を見せたほうがいいと思って。今日からおまえもこの部屋を見習って一ヵ月くらい片付けるのやめろ。あと洗濯もさぼって、五日くらい同じシャツ着て、風呂も六日くらい入らないで、パンツも靴下も十日くらい同じの穿《は》けば『堂上さん、どうしちゃったの、臭《くさ》い……！』ってマカロンもドン引きするだろう。けど、ほんとに不潔にして、ほかのまともな仕事相手にまでおまえの社会的信用落とすとマズいんだよなぁ」

「うん、風呂は毎日入りたいな」

「そうか？　俺なんか締め切り前は四日くらい平気で入らないよ。最近はおまえのお迎えで外に出るから毎日入ってるけど」

堂上のイメージ下げコンサルタントを自称しつつ、己のイメージを大幅に下げながら、

「ねえ、その後『堂上さん、この頃よく一緒に帰ってる人、いますよね？』とか『最近いい人でもできました？』みたいなこと探りいれてくる同僚いた？」

と問うと、堂上は「いや、まだ」と首を振った。

「そっか……」と佳人は小さく溜息《た》をつく。

一緒に帰るようになって結構経つのになかなかマカロン撃退作戦が功《こう》を奏《そう》さないのは、やっぱり自分では雑魚《ざこ》すぎて堂上の恋人に見えないからかも。

それにそもそも恋人感を演出することをすっかり忘れて、高校時代にはできなかった他愛ない友人トークを楽しんでしまっているし、もし近くで聞き耳立てられてたら、クソ野郎講習ばっかりで絶対恋人トークじゃないとバレちゃう内容だし、キャッキャウフフじゃなくギャハハブフフとバカ笑いしてるから、俺のことは単に毎日迎えに来る暑苦しい友達としか思われていない公算が大きい。

明日から腕組んでべったりくっついてみようかな、などと考えていると、

「そうだ、一昨日《おととい》風坂《ふうさか》課長から、ほかに精子の提供者が見つかったから、あの話はなかったことにしてくれって連絡あったんだ。真剣に悩ませて悪かったってすごく謝られちゃったけど、ちょっと肩の荷が下りてほっとした」

と報告してくれた。

もうひとつの懸案《けんあん》事項が解決したと聞き、佳人も安堵《あんど》の笑みを浮かべる。

「そっかぁ、よかったな。向こうもおまえがあんまり乗り気じゃないって思って、ほかにも候補探してたのかもな。……俺さ、あれからいろいろ妄想しちゃって、おまえがもし風坂さんに精子を提供して子供が生まれたあと、おまえも誰かと恋愛結婚して子供ができて、その子たちが知らずに大人になって出会って、姉弟《きょうだい》なのに恋に落ちちゃったらどうしようとか心配しちゃったよ」

韓《ハン》流ドラマか、と笑ってくれるかと思ったら、堂上はスッと微笑を消した。

しばし黙ったままじっと佳人を見つめてから、堂上は静かに口を開いた。

「……そんなドラマチックなことは絶対起こらないよ。俺が結婚して自分の子供を持つことは一生ないから。……言ってなかったけど、俺、ほんとにゲイなんだ」

「……え?」

突然のカミングアウトに佳人はきょとんとする。

堂上とゲイという言葉がうまく結びつかず、何度も瞬《まばた》きしてしまう。

そんな、だって高校の頃からモテまくって、出待ちの女子がわさわさいて、いまも電車や通りですれ違う女子が必ず二度見するし、お店でも女性店員のサービスがやたらよくて、さすが女子がほっとかないモテメンだといつも感心してたし、堂上もいくらクソ野郎講習しても身につかずに感じよく振る舞ってて、女嫌いみたいなあしらい方はしたことないのに、ゲイって……、と呆然とする。

でも、たしかに堂上は昔からモテ自慢をしたことがないし、出待ちの女子を入れ食いしたりもしてなかったし、いまもあんなにモテるのにフリーだし、『彼女はいらない』とか『合コンが楽しかったことは一度もない』と言っていた。

……そうだったのか、知らなかった。俺、本物のゲイの相手にゲイのフリしようなんて言っちゃったんだ……。

じゃあ、堂上がゲイなら『彼女』はいないけど、『彼氏』はいたのかもしれない。いまは別れちゃったのかもしれないけど、きっとハイレベルな堂上に似合いの素敵な男の恋人がいたことがあるに違いない。

そう思ったら、なぜかちりっと胸が疼《うず》いて、「そうなんだ」と自然に返事をすることができなかった。

大事な友達にカミングアウトされたときには「打ち明けてくれてありがとう」と信頼して話してくれたことに礼を言って偏見《へんけん》なんかないと伝えるべきだと思いながらも、意味不明の胸の痛みに戸惑って、目を瞠《みは》ったまま無言で見つめていると、堂上は佳人の反応にかすかな諦念《ていねん》を滲ませた声で言った。

「……驚いた？　ごめん、黙ってて。最初におまえにゲイカップルのフリをしてあげるって提案されたときに打ち明けようと思ったけど、おまえは俺のことストレートって疑ってないみたいだったから、言いだせなかった」

こんなこと知ったら、もう気軽に恋人のフリなんてできないよね、と伏し目がちに続けられ、佳人はハッと息を飲む。

やっぱりすぐに「全然平気だよ」と言わなかったから、嫌悪感を抱いたと誤解されたのかも、と焦《あせ》って「そんなことない」と言いかけたとき、佳人のスマートフォンが振動《しんどう》した。

急ぎの依頼で、週刊誌の健康ページ用に現役医師が書いた『脊柱管狭窄症《せきちゅうかんきょうさくしょう》』の最新情報についての草稿《そうこう》を、専門用語を嚙《か》み砕《くだ》いてわかりやすく書き直すリライトを今日中に、という発注がきてしまう。

でも先に堂上の誤解を解かないと、と焦ってスマホから目を上げると、「仕事のオファー？」と気配で察したのか堂上に問われる。

「あ、うん、元々頼んでたライターが具合悪くて、急遽《きゅうきょ》今日中にできないかって俺に……」

タイミングの悪い依頼のことを口ごもりながら言うと、堂上が席を立った。

「じゃあ、すぐ取りかからなきゃいけないね。俺もう帰るから、仕事して。お茶ごちそうさま」

「え。あ……」

堂上はテーブルから玄関まで、本のタワーを器用によけながら進み、「堂上、あの、」と言いかけた佳人に「じゃあ頑張って間に合わせて」と微笑してあっさり帰ってしまった。

「……」

パタンと閉じられたドアを見つめ、やっぱり俺の態度が誤解を招いてしまった気がする、と青ざめる。

急いで追いかけて弁解したいと思ったが、再度依頼を受けられるか確認のメールが来てしまい、葛藤《かっとう》しながら仕事の返信をする。

担当者への返事のあと、すぐに堂上にもメッセージを送り、『堂上、俺は全然気にしないから、これからもずっとおまえの友人だし、マカロンが盗撮をやめるまで恋人のフリ続けるからね』と伝えると、既読《きどく》がついてややしてから『ありがとう。本当におまえは友達思いだな』という返事が来た。

自分にとって「友達思い」は最上級の誉め言葉のはずだったが、なぜだかこの返事は素直に受け取って安心してはいけないような気がした。

やっぱり顔を見て直接話をしないと本心がわからないから、明日迎えに行ったときに誤解がないか確かめなきゃ、と思いながら、佳人は急ぎのリライトに取りかかった。

＊＊＊

日付が変わるギリギリに仕上げた原稿を送信し、佳人はあくびをしてから椅子から立ちあがり、カニ歩きでベッドに移動する。

パジャマに着替えて本の置かれていない端三分の一の細い寝場所に横たわり、布団を引き寄せて目を閉じると、カミングアウトしたあとの堂上の表情が浮かんできた。

……かすかだったけど、こいつもわかってくれないのか、みたいな失意が過《よぎ》ったような気がする。

きっと俺が嫌悪感を持ったと誤解して、そそくさと帰っちゃったに違いないし、ＬＩＮＥで送った本心も、取ってつけたようなフォローと思われたかも……。

ほんとに全然拒否感とかないのに、堂上がゲイって知って、どうして俺はあんなにぎこちなく固まっちゃったんだろう……。

あれじゃ誤解されてもしょうがないし、普段リベラルを気取っていながら狭量な奴だと思われたかもしれない、と佳人は肩を落とし、すぐ際まで迫る本の壁を揺らさないように寝返りを打つ。

……堂上は、高校の頃からそうだったのかな。

男子のほうが好きだったから、他校の女子にどんだけ騒がれてもクールだったのかもしれないけど、別に誰かと恋人的につきあってる様子はなかった気がする、と思い返し、ふと堂上がいつも一緒にいた旬《しゅん》との2ショットが思い浮かぶ。

……もしかして、あのビジュアル完璧な二人組は、ただの友達以上の秘密のカップルだったのかも、という可能性に気づいて息を飲む。

言われてみれば、超絶人見知りの旬が堂上にはナチュラルに接していたし、旬は当時から溜息が出るような美少年だったから、いつも近くで見ていた堂上が恋してもおかしくない。

それに旬はデビューしてから一回も女性スキャンダルがないのに、一度カメラマンと熱愛報道をされたことがあるし、結構ゲイの役が多いし、西丸《にしまる》も「旬ならイケる」と言ってたし、もしかしたら本当に堂上とつきあっていたことがあるかもしれない。

いやいやいや、それだけの根拠で旬までゲイと決めつけるわけにはいかないけど、堂上が旬に片想いしていた可能性は充分ありうる気がする。

ただの仮定の話なのに、また胸がざわざわちりちりして、佳人は首をひねる。

……なんでだろ。別に堂上が昔旬を好きだったとしても、大学や社会人になってから別の恋人がいたとしても、俺には全然関係ないのに、なんでこんなにもやもやするんだろう……。

あいつは顔も中身もすごくいい奴で、女子だけじゃなく男にもモテて当然だし、友達の俺にさえいつも感じいいから、きっと恋人にはもっと素敵な面を見せるんだろうな、と堂上が見知らぬ男のシルエットを抱きしめるところを妄想した途端、ゴーンと木槌《きづち》で地面にめりこまされたような気分になった。

……だからなんでだよ。なんで俺がこんな落ち込んでるみたいな気分にならなきゃいけないのか、意味がわからない。

……もしかして堂上がゲイなら、一応自分も性別は男子で守備範囲のはずなのに、自分みたいな雑魚は絶対対象外で一生友人止まりだから、ちょっと残念な気がするからかも、とふと考え、ぎょっと目を剝く。

……いや、なに言ってんだ、俺は。

それじゃ雑魚の分際で自分も対象に含めて欲しいとか、友人以上の存在になりたいと思ってるみたいじゃないか。

そんなわけないし、地味カースト出なのに堂上と親しい友人になれただけで破格の幸運だと思ってるし、一生友人でいられたら望外の喜びのはずだ。

なのに、どうしてそれだけじゃ物足りないみたいな図々しい気持ちになってるんだろう……。

……もしかして俺、堂上のことを、友情以上の気持ちで好きになっちゃってたのかな。

いままで誰かを恋愛的に好きになったことがないから、自分は普通にノンケだと思っていたけど、堂上のことは友情を超えて恋の意味で好きなのかもしれない。

いまここに見知らぬ女性と堂上がいて、どちらかを恋愛相手に選べと言われたら、女性がいくら魅力的でも、堂上のほうがいいと思ってしまうような気がする。堂上にはいい迷惑だと思うけど。

前に女性誌からの発注で『萌えるブロマンス映画特集』の記事を書いたとき、いくつも観ているうち、男の深い友情が愛に変わるのは自然の理《ことわり》のような気がしてきたが、自分もいつのまにか堂上への友情が恋に変わってたのかもしれない……。

思い返せば、クラス会の最中や帰りに堂上が気さくに声をかけてくれて、めっちゃテンション上がったし、風坂さんとの2ショットを初めて見たとき、社内恋愛の相手かもと思ったらもやっとしたし、ほかにパートナーのいる人だと知って安心したし、切実に精子を欲していることはわかったのにあんまり堂上のはあげたくないと思ってしまったし、マカロンにも言語道断と思ったし、イメージ下げコンサルタントとして女子に嫌われるように熱心に仕向けたのは、無意識にほかの女子とくっついてほしくないと思っていたからかも。

クラス会以降ほぼ連日顔を合わせて、高校の頃は知らなかった堂上の内面を知るたびに好感度が爆上がりだったし、こんないい奴、マカロンだけじゃなくみんな好きになっちゃうよな、と何度も思った。

だから、自分まで一緒に好きになっちゃったのかも。叶うわけないのに。

もし俺が旬くらい魅力的だったら堂上の好みに合ったかもしれないけど、こんなチビで雑魚の雑草のうえ、うっかりクソ野郎講習で自分もやりがちなダメンズ行為を事細かに披露《ひろう》したし、綺麗好きの堂上を汚部屋《おべや》に堂々と招いたり、生ゴミチックな茶を飲ませたり、がさつな素を晒《さら》しまくってしまったから、いくら堂上がゲイでも俺は完全にアウトに決まってる。

あーあ、と佳人は溜息をついて両目の上に片腕を乗せる。

……恋なんて贅沢品《ぜいたくひん》で、積極的に求める気なんかなかったのに、まさか同性の友達を知らない間に好きになってるなんてことがあるんだな……。

こんなどうにもならない片想いをするとわかっていたら、クラス会なんて行かなきゃよかったかも……、と溜息をつき、佳人はもう片方の腕も顔に乗せてじわりと潤《うる》みそうな目を隠した。

＊＊＊＊＊

その晩悶々《もんもん》として眠れず、明日堂上《どうがみ》を迎えに行ったら、まず誤解がないか確かめて、自分の片想いはおくびにも出さないようにいつもどおり振る舞おうと決意して、明け方ようやくうとうと眠りについた。

その前の仕事の寝不足も溜まっていたので、午後まで昼夜逆転して寝ていたら、夕方堂上からのLINEで目が覚めた。

『佳人《よしと》、昨日は急ぎの仕事、お疲れ様。きっと無事終わったよね、おまえのことだから』

いつもどおり気遣いのメッセージにほっこりし、やっぱり昨日の俺のフォローLINEを言葉通り受け取ってくれたのかな、と思いつつ次を読むと、

『実は、さっきマカロンの件が解決したんだ』

とあり、「えっ、嘘、ほんとに……？」と佳人は驚いてベッドの上に跳ね起きる。

それらしい同僚からのリアクションはないと言ってたのに、どういうことだろう。

まさか、やっぱり本当は俺の昨日の態度を誤解したままで、もう偏見《へんけん》を持つ奴とは距離を置こうと思って解決したことにしようとしてるのかも、と気を揉《も》んで、

『解決ってどういう風に？　マカロンが誰だかわかったの？』

と送るとまた返信が来る。

『うん。実はうちの新入社員だった。昼休みとかに清掃スタッフに変装して掃除するフリしてペン型のカメラで撮ってたんだって。さっき風坂《ふうさか》課長が怪しい動きに気づいてくれて、ふたりで確かめたら全部吐いたよ。帰りも尾《つ》けたりすることもあったらしいけど、部署もフロアも違うから顔を覚えてなくて全然気づけなかった。でも今後は二度としないように課長がきつく

言ってくれたし、もう大丈夫だと思う』

詳しい顛末《てんまつ》が書かれており、これは事実らしいとわかり、

「なるほど……でもヤバすぎる新人だな」

と佳人は呟く。

ザザに入社できるくらいだからバカじゃないはずだけど、勉強しかしてこなかったタイプで、堂上のかっこよさにまともな判断力をなくしてしまったのかもしれない。

厳重注意だけで放免《ほうめん》していいのか心配だが、きっと風坂課長にしぼられて反省しただろうし、マカロンの良心に期待したい。

『わかった。とりあえずはっきりしてよかったな。ほんとにこれでやめてくれることを俺も願ってるから』

と送ると、

『ありがとう。佳人にはほんとにお世話になって感謝してる。もう今日からは迎えに来てくれなくて大丈夫だから、家でゆっくり仕事して。いままでほんとにありがとう』

と返信があった。

それを読み、佳人は「え……」と動きを止める。

元々マカロン撃退作戦のための出待ちだったんだから、任務が終了すればもう通う必要はない。

でも、そのメッセージからは、なんとなくもう出待ちだけじゃなく、このまま友人づきあいすべてを終わらせる気でいるようなニュアンスが感じられて、心がひやりとした。

いや、そんなわけない。最初から堂上は俺の仕事の邪魔をするのを気遣って、連日通わせることを済まながっていたし、もう終わったからいいよって言っただけのはずだ。

ただ、もし昨日の俺の態度を誤解したままだったら、このまま関係が途切れて、また十年ごとの節目《ふしめ》のクラス会で顔を合わせるくらいの薄い仲になってしまうかも、と焦《あせ》って佳人は急いで返事を書く。

『俺にそんなしみじみ礼なんて言わなくていいってば。毎日じゃなくてもまたたまにはご飯食べに行こうよ。次からはちゃんと割り勘にするから。俺ほんとにこだわりとかないし、宮原《みやはら》先生の号外に書いた通りの気持ちのままだから、これからもいままでどおり友達でいような。おまえだって男なら誰でもいいわけじゃないだろうし、俺なんか対象外でそばにいたってなにが起きるわけじゃないってわかってるから、大丈夫だよ。じゃあ、また気が向いたら誘って』

ちゃんと「ただの友達」感が出せているかな、と読み返してから送信する。

「対象外」と自分で書きつつ、ひそかに胸が痛んだが、事実なんだからしょうがないし、これで堂上が安心して自分と友人づきあいを続けてくれるといい、と思いながら吐息を零《こぼ》す。

昨夜《ゆうべ》送った原稿のＰＤＦデータが届いたので、パジャマがわりのルームウェアのままレイアウトの確認や誤字の訂正をして送信する。

「おなかすいたな」と冷蔵庫の前に行こうとしたとき、ピンポンとドアチャイムが鳴った。

「佳人、俺だけど」と堂上の声が聞こえ、「えっ！」と目を瞠《みは》ってドアに駆け寄ろうとしたら、寄稿《きこう》した雑誌の見本誌のタワーを蹴《け》ってしまい、バサーッと散乱させてしまう。

一瞬硬直し、でもそんなことより堂上の誤解を解かなくちゃ、と雑誌の波を踏み越えてドアを開ける。

「いらっしゃい、もう仕事終わったの？」

「うん、終わらせたんだけど……上がってもいい？」

背後の床に目をやりながら問われ、

「うん、もちろん」

と足で堂上の通れる道を作りながら頷く。

片想いの相手を寝ぐせのついた髪とスウェット姿でいつもよりさらにひどい汚部屋《おべや》に招くなんて最悪だったが、いつも通りの友達感は出せてるはず、と開き直って平常心を装《よそお》うことにした。

＊＊＊

昨日と同じようにテーブルに座ってもらい、インスタントのコーヒーを淹《い》れながら、

「えっと、マカロンの件、決着ついてよかったね。でもどんな子なの？『T様〜♡』って言いそうなタイプ？」

と間をもたせるために問う。

「いや、全然。トップ入社の真面目な子らしい。よく知らないけど。それより佳人、さっきのLINEのことだけど」

と切り出され、佳人はマグカップを置いて席につきながら頷いた。

「うん、あれに書いたとおり、俺、ほんとにおまえが誰とつきあおうと何も気にしないから、これからもいままでどおりいい友達でいたい。俺に距離取ったりしないでほしいんだ」

自分も実は堂上が好きだから、他の男と恋仲になったと言われたらめちゃくちゃ気にするけど、と心の中だけで言い添え、友達のままでいいから疎遠《そえん》になりたくない気持ちを伝える。

堂上は物言いたげな瞳で佳人を見つめ、

「……それはもちろん、距離なんて取る気はないよ」

と言ってくれた。

ほ、と小さく息をつき、ゲイに理解のある友人という態《てい》で質問してみる。

「えっと、堂上、聞いていい？　自分がゲイかもって気づいたのって、いつ頃……？」

そう問うと、堂上は数瞬黙り、唇を湿らせてから、佳人の目をじっと見ながら答えた。

「……高校のとき、隣の席になった子のことがなんだか妙に気になって、席替えで離れても目で追ってて、考え方とかも憧《あこが》れて、もしかして友情以上の気持ちなのかもって思って、自覚した」

「……へえ」

やっぱりうちのクラスに気になる子がいたということは、いつも一緒にいた旬のことだ、と仮定が確定してしまい、佳人はうつろな声で返事をする。

堂上は佳人の反応を窺うように見ながら言葉を継いだ。

「俺的には結構話しかけたけど、全然眼中《がんちゅう》にも入れてもらえなくて、ほかにもっと仲いい奴がいて間に入れなかったから、ただの片想いで終わったんだけど」

「ふうん」と頷きながら、あれ、でも旬にもっと親しい友達なんていたっけ？　と首をひねり、

「ねえ、旬って、おまえより仲良かった奴なんていなかったよね」

と確かめると、「え」と堂上は怪訝《けげん》そうに眉を寄せた。

「……なんでここで旬の名前なんか出すんだよ」

「え、だって、おまえが片想いしてた相手って旬だろ……？」

クラス一のモテメンに憧れを抱かれ、片想いされても眼中にも入れない高嶺《たかね》の花なんて、うちのクラスには旬しかいないし、とほかの可能性は考えられずに問うと、堂上は目を瞠り、愕《がく》

然《ぜん》とした顔で叫んだ。

「違うよ！　旬じゃない！　おまえだよ、俺が好きだったのは！」

「……え」

なにを言われたのかすんなり理解できず、佳人は目を瞬《しばたた》く。

堂上が出したヒントは旬を指しているとしか思えないし、クラスの最高位がチビでメガネの雑魚《ざこ》キャラに憧れだの片想いだの、素敵な感情を抱くはずがない。

雑草の掃溜菊《はきだめぎく》が高嶺の花だったなんてありえないのに、目元を薄く赤らめて自分を見つめる堂上の表情は、痛い冗談を言っているようには見えなかった。

その瞳を見ていたら、急にドクンと鼓動が跳ねた。

……嘘だろ、マンガやドラマじゃないのに、堂上が俺のことを好きなんて奇跡展開が……、と舞い上がりかけた直後、『好きだった』と堂上が過去形で言ったことに気づいてハッとする。

そうだ、堂上が言ったのは高校時代の話で、当時はなにかの気の迷いや若気《わかげ》の至《いた》りで雑魚の雑草に好意を感じたかもしれないが、いまも好意が続いているとはひとことも言っていない。

それに再会してから、いまのこの悲惨《ひさん》な室内に至るまで、もし片想いの片鱗《へんりん》がわずかに残っていたとしても自《みずか》ら粉砕《ふんさい》するようなことばかりしてしまった。

……しまった、もしクラス会に出る前に堂上の気持ちを知っていたら、もうちょっとがさつな素を隠して好感度を上げる振る舞いをしたのに……！　と臍《ほぞ》を噛んでいると、堂上が苦笑を浮かべて言った。

「……そんなに苦悩の百面相しなくていいよ。いい返事がもらえるとは思ってないから。何度も『友達だ』って念押されたし、おまえが俺に恋愛感情なんて持てないことは、昔からわかってる。ただ、さっき『自分は対象外』なんて書いてあったから、おまえは俺の本命だって訂正したくて来たんだ。高校の頃は言えなかったけど、せめて再会して改めて好きになったってことは伝えておきたかった。『恋人』は無理でも、おまえは友達甲斐《がい》のある奴だから、これからも『友人』としてはつきあってくれるだろ……?」

諦念《ていねん》まじりの微笑を向けられたら、ぎゅっと胸を締め付けられるような気がして、佳人は必死に首を振った。

「……やだよ、『友人』だけじゃ。だって無理じゃないから、おまえと恋愛すること。俺もおまえのこと好きだよ。気づいたのは昨夜だけど、きっともうちょっと前から好きだったみたいなんだ。おまえが俺でいいなら、おまえの『一番親しい友人』も『一番大事な恋人』も、両方俺がなりたいよ」

高校時代は上位カースト相手にそんな大それたことを願うことも口に出すことも己に許さなかったが、大人になった今なら、雑魚でポチで掃溜菊のままでも根性出して告げてもいいともうわかっている。

堂上は息を飲み、

「……それ、本気で言ってるの……？」

と窺うように確かめてくる。

たぶん、何度も「友達」と連呼《れんこ》してきたから信じがたいかもしれないが、自分にとっての「友達」は「特別な枠《わく》にいる相手」という意味だし、再会してから堂上のことはずっと別格で、西丸やほかの友達に対する友情とは違っていた。

クラス会で最初に覚えていると言われたときの自分のように素直に喜んでいいのか、なにかの間違いなんじゃないかと惑う瞳で自分を見つめる堂上に、佳人は照れを堪《こら》えて頷いた。

「本気だよ。高校の頃はそばにも寄れなかったおまえとクラス会で特別に親しい仲になれて、おまえのためならなんでもやってやるって思ったし、マカロンや旬に妬いたり、また疎遠になるかもって想像しただけで泣きそうに淋しくなったたし、昔も今も好きだっていわれて死ぬほど嬉しかったり、これってもう友情じゃないだろ？　だから、おまえが『再会愛を始めないか』って言ってくれたら、俺、即答で『いいよ』って言うよ」

告白なんてしたことがないし、シチュエーションも理想とは言いがたいが、ドキドキと鼓動を逸《はや》らせながら懸命に言葉を紡《つむ》ぐと、見開いた堂上の瞳から不安の色が消え、喜びだけが浮かんだ。

「佳人……！」

ガタッと勢いよく堂上が椅子を引いて立ち上がった瞬間、背後でバサーッと本のタワーが倒れた。

「……ごめん、俺まで。この家はそっと動かなきゃいけないって忘れてた」

しゃがんで律儀《りちぎ》に本を拾いだす堂上のそばに駆け寄って佳人も一緒に拾いつつ、

「こっちこそごめん……。これがおまえの綺麗な部屋だったら、スムーズに両想いのハグとかキスが出来たかもしれないのに……」

とすこしは富田林《とんだばやし》メソッドを取り入れておけばよかった、と悔やみながら本を積み直していると、「えっ」と堂上が振り返った。

「……佳人、もう俺とキスとかしてくれる気、あるの……？」

驚いたように確かめられ、もしかしたらまだ早かったのかも、とかぁっと顔を赤らめて首を振る。

「いや、その、誤解だったら申し訳ないけど、俺の中ではゲイの人って割とすぐハッテンするイメージがあったから、おまえが俺のことを前から好きだったなら、いますぐそういうことする気なのかなって勝手に思っただけで、おまえがまだしたくないなら全然しなくていい」

しどろもどろに弁解すると、堂上は「いや、したいよ、していいなら」と腕を伸ばしてうなじに手を添えてくる。

すこし引き寄せられて間近で端整な顔に見つめられ、

「……じゃあ、まずキスからね……？」

と吐息で囁かれる。

「まず」と「から」ってもっとする気なのか、と内心あわてふためきながら、近づいてくる唇をよけられずにぎゅっと目を瞑《つむ》る。

「……んっ……」

触れられるまでは、緊張と照れと動揺で頭がパンクしそうだったが、想像以上に優しいキスにきゅんと胸が震えた。

佳人の唇の感触を自分の唇に刻むように何度も触れ合わせてから、そっと舌で輪郭《りんかく》を辿《たど》られる。

「……ン、ふっ……」

堂上と初めてのキスをするなら、いまでよかったのかもしれないと思った。

もし高校の頃にしていたら、きっとパニックでショック死してるし、と思いながら、いまもショック死寸前までドキドキしつつキスに応《こた》える。

息を継ごうとした唇の間に遠慮がちに舌を挿《さ》しこまれ、ビクッと大きく身じろいだら、肩が別のタワーに当たってドサッと崩れ落ちる。

「……」

深いキスに至り損《そこ》ねて雰囲気も台無しになり、佳人が身を縮《ちぢ》めて相手を窺うと、堂上は軽く溜息をついて言った。

「……佳人が片付けが苦手なのは知ってるし、これで快適に暮らしてるみたいだから尊重《そんちょう》する気でいたんだけど、やっぱり落ち着いてキスできるくらいには片付けようね。俺も手伝うから。ベッドも端以外も使えるようにしないと俺が困るし」

「……えっと、すいません」

たしかにいまの状態のベッドでぎしぎししたら、まず堂上の上に本が直撃してふたりとも塩《しお》釜《がま》焼《や》きみたいになっちゃうし、と考えて、やけにリアルな想像をしてしまった、と佳人は真っ赤になる。

堂上は赤面した佳人を見てコクッと喉《のど》を鳴らし、

「でもいまその大事業に着手《ちゃくしゅ》すると夜までかかっても無理だから、今日はこのまま続けよう」

と言いざまひょいと佳人の両脇を抱えあげて座った堂上の膝の上に跨《また》がらされた。

向かい合った上半身をぎゅっと掻《か》き抱《いだ》かれ、

「……佳人とこんな風になれるなんて……やっぱりマカロンに感謝しないといけないかも」

としみじみと呟かれる。

「なんでだよ、いいよ、感謝なんかしなくて」

迷惑かけられたのになに変なこと言ってんだ、とぷんすかしながら佳人も相手の広い背中に腕を回し、自分のものだと主張するようにぎゅっと抱きつく。

堂上は嬉しそうに笑い、

「だって、マカロンのことがなかったら、佳人が俺の恋人のフリをしてくれるなんてありえなかったたし、毎日出待ちしてもらってプチデートもできて、おかげで友達以上に好きになってもらえたし、もうマカロン様々だから、御礼に盗撮《とうさつ》くらい好きにやってくれって感じだよ」

と左肩に顎《あご》を乗せた佳人の頬に頬をすり寄せながら言う。

「ダメだよ、俺マカロンのしたこと許してないもん。いままで自覚なかったけど、俺ってたぶん嫉妬深いタイプなんだと思う。だってまだおまえのこと友人だと思ってたときから、マカロンには絶対おまえの精子はビタ一滴《てき》渡さねえ！って思ってたから、その頃から無自覚にライバル認定してたのかも」

そう言うと、また堂上は嬉しそうに笑って佳人の耳にチュッと口づける。

「佳人もそういうとこ、俺限定のモテテロリストだよ。そんなこと言われたら、『じゃあおまえに全部あげるから、一滴残らず受け取って』って言いたくなるだろ」

「……！」

いままで常に紳士的で下ネタは口にしなかった堂上の珍しいエロチックな台詞《セリフ》と、密着した腰をぐっと押し付けるような動きに、かぁっとまた頬を熱くする。

一応二十七なので、まったく実践経験はなくてもそれなりに耳学問の知識はある。

ただ、堂上と肉体的に結ばれること自体に異論はないものの、いますぐというのは心の準備が追いつかなかった。

佳人はすこし身を離して相手の肩に両手を乗せ、赤い顔で言った。

「……あのさ、堂上、知ってると思うけど、俺、キスもいまのが初めての童貞処女で、おまえの精子はほかの誰にもあげたくないけど、まだいますぐ俺にくれって言えるほど心も身体も準備できてないし、部屋もせっかくの初エッチにふさわしくない汚部屋だし……、だから、ちゃんとハッテンするのは、今度おまえの部屋に行ったときでもいい……？」

すこしでも猶予《ゆうよ》を稼《かせ》ごうと上目遣いにお伺いを立てると、堂上はさっきより大きな音でごくっと喉《のど》を鳴らした。

「……もう、こんなに可愛いのに、なんでいままで無事だったんだろう」と頭と目がおかしいことを呟いて唇を塞《ふさ》がれる。

舌を絡《から》めるキスをたっぷり教えられたあと、音を立てて唇を離した堂上に、

「……最後までハッテンするのはまた今度でいいから、今日は途中までハッテンさせてくれない……？」

と額を合わせてねだられる。

ひそかに自分も盗撮したいくらいのイケメンの恋人に甘えるように請われたら、いくら童貞処女でも否《いな》とは言えず、佳人は赤い顔でこくんと小さく頷いた。

＊＊＊

「あっ、あっ……ふ、ぅんっ……」

着衣《ちゃくい》のまま前だけ露出《ろしゅつ》させた互いの性器をひとまとめに擦《こす》り上げられ、佳人は相手の膝の上で尻を跳ねさせながら喘《あえ》ぐ。

男子校でもA組ではマスのかきっこや飛ばしっこなどしなかったので、遊びでも本気でもこんなことをするのは堂上が初めてだった。

「……気持ちいい……？　佳人も上撫でてくれる……？」

首筋にキスしながら囁かれ、佳人はこくこく頷いて震える手を伸ばす。

堂上が握ったふたつの幹の尖端《せんたん》を掌《てのひら》でくるみ、敏感《びんかん》な丸みをぎこちなく撫でる。

「んっ、ね…、おまえも、きもちい……？」

すこしでも相手にも感じてほしくて喘ぎながら問うと、たまらないようにぢゅうっと首筋に強く吸いつかれる。

「……佳人に触られてると思うだけで、イッちゃいそうにいいよ……」

それは実は「手技《しゅぎ》は拙《つたな》い」のモテメン的フォローなのでは、と思ったが、本当に鈴口から先走りが溢《あふ》れていたし、嘘でもそう言って喜ばせようとしてくれる心根にキュンとして、すこし大胆に捏《こ》ねまわすと、急に腰を摑まれてぐいと自分だけ立たされた。

「えっ……」

驚いてなんのつもりか問おうとしたら、ずり下がるスウェットのズボンから露出した性器にためらいもなくむしゃぶりつかれ、「ひやあっ！」と裏返った声を上げてしまう。

「ちょ、嘘、堂…待っ、やっ、あ…んぁあっ……！」

がっちり腰を摑んだまま、堂上はじゅぽじゅぽ音を立てて佳人の性器を貪《むさぼ》り、深く飲みこんでは雁首《かりくび》まで吸いあげる動きを繰り返す。

人に手淫《しゅいん》されるのも初めてなのに口淫《こういん》まで味わわされ、それだけでも衝撃すぎるほど衝撃なのに、ストイックなスーツ姿の堂上の唇に自分のものが出入りするところを上から直視してしまい、何重ものギャップに失神しそうになる。

「やっ、やだ、やめてっ……、おまえにこんなこと、ダメだからっ……！」

なんとか両肩を押して顔を離そうとしたが、堂上は咥《くわ》えたまま首を振り、より喉奥深くまで咥えこみ、ねっとりと舌を巻きつけてくる。

「ひぁっ、すご…もちぃっ…けどダメ、そんなされたら、イっちゃ…、おまえの口に…出ちゃうから、離して……っ！」

必死に懇願《こんがん》したのに堂上は佳人の足の間に顔を埋《うず》めたまま離してくれず、片手で自分のものを扱《しご》きながら頬の内側できつく締め付けてくる。

耐性《たいせい》のない非モテ童貞には強烈すぎる刺激にひとたまりもなく口中で爆《は》ぜてしまう。

怖ろしいほどの快感と、ごくりと堂上の喉で鳴った嚥下《えんげ》する音を聞き、戸惑いのあまりうるりと涙が滲《にじ》む。

佳人の涙にぎょっとした顔をして、堂上が急いでもう一度膝に下ろして背中をあやすように撫でてくる。

「……佳人、そんなに嫌だった……？　ごめん、もっと気持ちいいことしてあげたくて、おまえの反応が可愛かったから、やだって言われても止められなくて……」

最中の強引でねちっこい舌遣いのエロテロリストと同一人物とは思えない低姿勢な態度で詫《わ》びられたが、佳人は涙目で睨《にら》む。

「……おかげさまで自分史上最高に気持ちよかったけど、おまえ、ああいうこと他の奴ともやったことあるんだろ。キスもうまかったし」

「え……」

軽くぎくっとした気配を匂わせた相手に目を眇《すが》め、

「洗いざらい聞きたい気もするけど、聞けば絶対嫉妬するってわかってるから、言わなくていいから。おまえみたいなモテメンがいままで清らかでいられたわけないだろうし」

九年も隔《へだ》たりがあったんだからしょうがないと思いつつも、やや割り切れずに拗《す》ねた顔で言うと、堂上は気まずそうに弁解した。

「……九年待てばおまえとこうなれるってわかってたら、ほかの人とつきあったりしなかったよ。言い訳にならないかもしれないけど、これからは佳人だけだから、過去は不問《ふもん》にしてくれないかな」

もう終わったことでも若干《じゃっかん》妬《や》けるが、自分が高校時代に堂上の好意にまったく気づけず、微塵《みじん》も可能性がないと思わせてしまったせいもある。

堂上の過去の相手は自分と再会するまでの練習台だったと思うことにしようと雑魚の分際で高飛車《たかびしゃ》なプラス思考に持ち込んでいると、

「それに嫉妬深いっていうなら、俺も負けないから、今度から佳人が取材先でもらった割引券とか試写会のチケットは、全部西丸《にしまる》じゃなくて俺を誘ってよ」

ほんとは『にっしー』『よっしー』呼びも気に食わないけど、それは我慢するから、と堂上が急にこちらに矛先《ほこさき》を向けてくる。

俺と西丸の間にブロマンスが芽生《めば》える兆《きざ》しは欠片《かけら》もないのに、西丸にさえ妬かずにはいられないほど想われているのかと思ったら、くすぐったくてにやけが止まらなくなってくる。

佳人はチュッと恋人の頬に口づけ、

「わかった。これからは試写会でもなんでもおまえを誘うから。……ねえ、早速誘いたいんだけど、いまからハンバーガー食いに行かない？　ほんとは高校のときにおまえと一緒に行ってみたかったけど、もう無理だから、『高校時代から両想いだったカップル設定』で」

と提案すると、堂上はモテテロリスト全開の笑顔で佳人の胸を撃《う》ち抜いた。

友達が好きなんだ

tomodachiga sykinanda

高校時代、ずっと好きだった相手がいる。

それまで自分から誰かに振り向いてほしいと切望したことはなかったから、たぶんあれが遅い初恋だったんだと思う。

自分で言うのも口幅《くちはば》ったいけれど、昔からモテるほうだった。

ただ、モテることが自信に繋がったり、より多くモテたいという情熱が原動力になるタイプではなく、別にモテなくていいからそっとしておいてほしいというのが本音だった。

親から「人には思いやりをもって、自分がされたら嫌なことはせず、してもらったら嬉しいことをしなさい」と言われて育ったので、誰かが困っていそうな様子に気づいたら気軽に手伝うようにしていると、ただの善意なのにフラグが立ってしまうことがよくあり、小学校低学年の頃、放課後クラスの女子に「あたしたちみんなてつやくんのことが好きだから、誰が一番好きか選んで！」と取り囲まれて凄《すご》まれたり、高学年のときには女子同士が「堂上《どうがみ》くんは私に優しいし、きっと両想いだから、あんたは諦めて！」「うぬぼれないでよ、堂上くんは私にも優しいもん！」と取っ組み合いのケンカになり、昇降口《しょうこうぐち》のガラス扉に激突して流血の惨事《さんじ》になってしまったこともあり、「女子に好かれるのは怖い」という苦手意識が刷《す》り込まれた。

自分の振る舞いが誤解を生むことに困惑し、迂闊《うかつ》に人に親切にしないほうがいいんだろうか、でも困っている様子を見ても知らんぷりするなんて人として冷たいのでは、と悩んだりもした。

ただ男子に同じように親切にしても、「堂上が俺に優しい……、まさかを俺のことを……？」

などと深読みされたりせず、「サンキュ！　おまえ、いい奴だな！」と普通に反応されるだけだったので、男子といるほうが気が楽だった。

中学からは男子校に進み、校内ではのびのび自然体で過ごせたが、バスケ部に入って真面目に練習に打ち込んでいたら、めきめき上達して身長も伸びたせいか、近隣の学校の女子に校門前で出待ちされたり、試合の応援に大挙されるようになってしまった。

告白されるのも日常茶飯事だったが、自分の中身もよく知らないのに見てくれだけで熱を上げられても、あまり嬉しいとも思えなかった。

でも性格的にきつい物言いをするのは苦手だったし、女子を逆上させると怖いことになる、という刷り込みもあり、「ありがとう、でも部活で忙しいし、顧問《こもん》の先生に禁じられてるから」と穏便《おんびん》に断るようにしていた。

中学から親しくなった真中旬《まなかしゅん》も、当時から未来の国民的スターを予感させるオーラがあり、近隣の女子のターゲットにされていたが、極度の人見知りで社交性もゼロだったので、「あの……」と声をかけられた瞬間、「すみませんっ……！」とダッシュで逃げ去るのが常だった。

テスト期間中など部活がないときは一緒に帰ってフォローしてやれたが、旬は帰宅部だったので、普段は自力で対応しなければならず、決死の逃げっぷりを見かねた財閥令息《ざいばつれいそく》の九石薫《さざらしかおる》が「真中くん、なんかしょっちゅう悲愴な顔で走ってて大変そうだから、よかったらうちの車に乗っていきなよ」と申し出て、それ以降は旬はありがたく九石のお抱え運転手の送迎車に同乗させてもらい、校門前の女子との接触を避けていた。

自分たちの学年では旬と自分が近隣の女子の人気を二分《にぶん》していると目《もく》されていたが、単に旬にアプローチしても無駄だから自分に流れてきたのではないかと思われ、クラスメイトから、おまえらなんなんだ、よりどりみどりなのにふたりしてそんな平然とスルーしてもったいなさすぎるだろ、旬はコミュ障だからしょうがないとしても、モテすぎて麻痺《まひ》してるんじゃないか、ちょっと俺らと中身入れ替われ、などとぶうぶう言われたが、できるものならいつでも替わってやりたいくらいだった。

自分はコミュ障ではないけれど、きっとそういうことに関心が薄いタイプなんだろうと思っていた高一の春、汐入佳人《しおいりよしと》に出会った。

汐入は高校から入ってきた外部入学組で、いままで親しんできた中等部からの内部進学組とはどこか違うような気がした。それがなんなのか知りたくてたまらず、気づけばいつも目で追っていた。

教室でも校庭でもどこにいてもそこだけ明度《めいど》や画素数《がそすう》が違うようにくっきり目に飛び込んでくるのも、耳が精度を上げて声を集音《しゅうおん》するのも汐入に対してだけで、中身を知れば知るほど憧れやときめきを覚えた。

そんな風に特定の相手に心をとらわれるのは初めてで、この気持ちはなんだろう、もしかしたら恋なんだろうか、でも同性のクラスメイトなのにおかしいし、ただの気のせいかも、とかなり悩んだ。

でも、気持ちは募《つの》るばかりで一向に消える気配がなく、もう気のせいだと自分を欺《あざむ》くことはできなくなった。

部活も委員会も仲のいいグループも違ったので、いきなり告白したら驚かせてしまうだろうし、まずは友達から、と段階を踏んで近づこうとしたが、なぜか三年間塩対応され続けた。

物心ついてから人に嫌われた経験があまりなかったので、どうしてだろう、なにか無自覚に疎《うと》まれるようなことをしたんだろうか、と戸惑ったし、傷ついた。

もしなんらかの理由で嫌われているとしても、試合で華々しい活躍をすれば見直してくれるかも、と期待してインターハイで全国三位になったが、全校集会で表彰され、ほかのクラスメイトたちからは「すげえじゃん、さすが！」と誉め称《たた》えられても、肝心《かんじん》の汐入には「へえ」くらいの低温なリアクションしかされず、なんらアピールにならなかった。

もしかしたら隠しているつもりの恋心を悟《さと》られて、迷惑がられているのかも、と弱気になり、それ以上踏み込む勇気が出ず、結局「ただのクラスメイト」のまま卒業を迎えた。

まともに告白もできなかったので、はっきり言葉で振られることはなかったが、「友達」にもなれずに終わった片想いは、牡丹《ぼたん》や散《ち》り菊《ぎく》まで燃え切らないまま火球で落ちてしまった線香花火のような悔いを胸に残した。

でもきっと三年間の塩対応がすべての答えで、玉砕《ぎょくさい》覚悟で打ち明けたとしてもダメだったに違いないから、もう気持ちに折り合いをつけて忘れたほうがいいと自分に言い聞かせた。

その後は進路も分かれて会う機会もなくなり、実らなかった初恋の記憶には蓋《ふた》をして、新しい環境で新しい出会いに目を向けたりもした。

ただあまり熱くなれずに長続きせず、仕事に追われて慌ただしく日々を送っていた卒業から九年目、元クラス委員の韮沢《にらさわ》からクラス会の連絡がきたとき、自分でも驚くほど鮮《あざ》やかに初恋相手の顔が思い浮かんだ。

……汐入、元気かな。あれから全然会ってないけど、今頃どうしてるんだろう。

どんな仕事に就《つ》いたのかな。昔は小柄で厚いレンズのメガネをかけて、俺の前だといつもスン顔だったから、なんとなく俺の中ではＣＭやマンガに出てくる子供なのに白衣を着た賢い子供博士みたいなイメージなんだけど、すこしは見た目も変わったかな。

……恋人とかは、いるんだろうか……。そんなこと聞けるほど親しくなれなかったから、もし会えたとしても聞けないけど。

でも、会えるものなら、いまの汐入に会ってみたい。

九年間ずっと一途に初恋を温め続けていたわけじゃないし、とうに折り合いはつけてるから、今更どうこうなるとも思ってないけど、もしかしていまなら、お互い大人になったし、「懐かしいクラスメイト」として普通に話せるかもしれない。

もしまた塩対応されたとしても、昔みたいにすぐ落ち込んで黙ったりしないで、大人の余裕と厚かましさで、「なんで高校の頃俺につれなかったんだよ。仲良くなりたかったのに」と冗談めかして本音を言ってみたら、どんな反応が返ってくるか、すこし興味がある。

あの頃、高校でもっと伸びると見越して作ったようなすこし大きめのブレザーを三年間萌《も》え袖《そで》のまま着ていた、作文が得意で本と映画に詳しくて、打ち解けた相手にはよくしゃべってよく笑う、俺には通算三回しか笑ってくれなかった汐入と、もし九年ぶりのクラス会で「ただのクラスメイト」からすこしでも「友達」寄りにシフトできたら、高校時代の自分も浮かばれる気がする。

そんなことを考えながら、堂上哲也《てつや》は韮沢にクラス会出席の返信を送ったのだった。

＊＊＊＊＊

「ねえ佳人《よしと》、来月頭の週末って仕事の予定入ってる？　俺、休日出勤の代休でその週は金曜から三連休なんだ。それで、もし佳人の都合がつけば、どっか近場でいいから一緒に行けないかなと思って。……その、泊まりで」

来月のシフトが出た日の夜、通話の声から下心が滲《にじ》み出ないように努《つと》めながら、さらっと提案してみる。

クラス会での再会を機に初恋相手と恋人同士になれてから二ヵ月が過ぎた。

交際は順調で、毎日連絡を取り合っているし、週一、二回は食事デートをし、ふたりで宮原《みやはら》先生の店にも行ったたし、休日は佳人の部屋の断捨離《だんしゃり》デートを重ねている。

とにかく本や雑誌が多すぎて危険なので、一度すこし量を減らそうと説得し、寄稿《きこう》した雑誌の見本誌は佳人の記事だけ残し、ほかはもし必要になったら図書館で探せるように目次を携帯で撮ってから資源ゴミにまとめる作業を自分が担当し、佳人には単行本を残すか放流するか選別する作業を任せているが、めくりもせずに「たぶんもう読まない」と即答したのは富田林《とんだばやし》えりな先生の片付け本だけで、ほとんどの本を通読《つうどく》しはじめてしまい、読み終わると「やっぱりこれは取っとく」とタワーに戻したりするので、一向に捗《はかど》らない。

今日はこの区画と決めて取り組んでも達成できたためしがないが、佳人と一緒に過ごせるだけで嬉しいし、雑誌を縛《しば》りながら、ちらっと本のテトリスの隙間に嵌《はま》って作品世界に没頭《ぼっとう》する顔を眺めるだけでも充分幸せを感じる。

ただ、遅々《ちち》として作業が進まないので、早く佳人の部屋を安心していちゃいちゃできる場所にしてベッドも使えるようにしたいという野望がいつ叶うのか見通しすら立たない。

自分の部屋なら片付ける必要もなくいつでもウェルカムだが、次に来るときは佳人が『初ハッテン』の意を固めてくれたときという暗黙の事情があるので、気軽に「じゃあうちにおいでよ」と誘うわけにもいかない。

たぶん佳人の性格的に、ちゃんと心の準備ができたら「そろそろおまえんちに行こうかな」と焦《じ》らさず言ってくれる気がするので、まだ言いだしてくれないということは決心がついていないんだろうと思う。

たしかに交際二ヵ月でハッテンは早いかもしれないと理性では思うが、昨日今日出会った交際二ヵ月のカップルではないし、高一の出会いから数えれば十二年越しの仲と言えなくもないから、そんなに早くない気もする。

それに大きな声では言えないが、高校時代もひそかに佳人とのエロ妄想をしていたし、両想い当日につい抑えがきかずに手を出してしまい、あの日目と耳と舌で味わった本物の佳人のエロ可愛い残像が脳裏《のうり》に焼きついて離れない。

なんとか一日も早く初ハッテンしたくてたまらないが、佳人から言いだしてくれないうちに、こちらから急《せ》かすような辛抱《しんぼう》の足りない真似をして嫌われたくないという気持ちもあり、悶々《もんもん》としながら待ちの姿勢でいたとき、来月の三連休のシフトを見て心がぐらついた。

せっかくの連休を断捨離で終わらせるのはすこし残念だし、「自分の家に来ないか」より、「旅行にでも行かないか」のほうが「いいよ」と言いやすいのではないかと思い立つ。

ただフリーランスの佳人は常にこまごまと発注を受けているので、意外にスケジュールが込んでいる。

恋人になる前に連日お迎えに通ってくれたときは、結構頑張って時間をやりくりしてくれていたんだな、と改めて感激したが、もし三連休に急ぎの仕事がなく空いていたら、景色のいい高原のオーベルジュとか温泉旅館とかでハッテンさせてくれないかと熱望しながら返事を待つと、

『あ、ごめん、そこは取材の予定を入れてるんだ……。散歩雑誌からの依頼で、納期にちょっとゆとりがあるから取材日程をずらせないこともないんだけど、長期予報で調べたら、そのあと天気が下り坂みたいだから、一週目で行っときたくて』

と済まなそうに断られ、やっぱりまだお預けか、と内心肩を落とす。

最近も突然の依頼に応じてフットワーク軽く那須《なす》高原まで日帰り取材に出かけたりしていたので、たぶんハッテンが嫌で避けられたのではないとは思いつつ、

「そっか、仕事ならしょうがないね。散歩雑誌の依頼って、どんなテーマのオファーなの？」

と露骨《ろこつ》な残念感が出ないように努めながら問う。

『えっとね、「ミッドナイトハイク」の体験記事を頼まれてるんだ』

「ふうん……って、それなに？　星空や月を題材に詠《よ》む俳句会とか？」

恋人には文才があるので俳句をひねったりもできるのかもと思ったら、プハッと噴きだされた。

『「ミッドナイト俳句」じゃないよ。おまえってちょっと天然なとこあるよな。文字通り真夜

中にハイキングするんだよ。昼間なら一時間半くらいで登れるような低山《ていざん》を夜の暗闇の中で登ると、昼とは全然違う雰囲気で、ちょっと怖いけど面白いんだって。東京近郊の山だと星空だけじゃなく街の夜景も見えたり、朝には御来光《ごらいこう》も見れるし、一晩でいろんな山の顔を貸し切り気分で楽しめて、わざわざ百名山《ひゃくめいざん》とかに行かなくてもなかなかオツらしいんだ」

「へえ、本物のハイキングの『ハイク』だったんだ。……そういや、昔『カモシカ山行《さんこう》』ってやったよね。あんな感じかな」

『そうそう、あれよりだいぶ緩いと思うけど』

高校時代、担任の森崎《もりさき》先生がワンゲル部の顧問もしていた山男で、毎年クラス行事の登山キャンプでは結構本格的な訓練登山をさせられた。

地形図や天気図の読み方から緊急時のセルフレスキューの方法など、山は楽しいけれど危険な場所でもあると教え込まれ、二泊の登山キャンプでは、一泊はバンガローではなく森の中に自力でツェルトを張って野宿する『ビバーク訓練』をし、原始的な方法で火起こししたりする練習もした。

夜にヘッドランプをつけて登山する『カモシカ山行』では、担任とクラスメイトがいたからなんとかなったものの、夜道で足元が見えにくく木の根に躓《つまず》いたり、暗くて登山道ではなく林道《りんどう》に進みそうになる者もいたし、夜行性の動物の鳴き声や気配もして結構スリリングだった覚えがある。

散歩雑誌と言っていたが、ミッドナイトハイクは『散歩』のレベルを超えているのでは、と思いつつ、「どの山に登るか決まってるの？」と問うと、

『うん。今回は奥多摩《おくたま》の三苦山《みとまやま》に行ってほしいって言われてるんだ。標高は高尾山《たかおさん》よりちょっと低いくらいで、ちゃんと一般ルートが整ってる山だし、ヘッドランプをつけなくてもなんとかなるかなって』

とのんきな返事があり、「えっ⁉」と目を剝《む》く。

「なんで灯《あか》りつけないの？　危ないよ。森崎先生だって『裏山だろうと危険のない山はない、どんな山も甘く見るな』って言ってたじゃないか」

『そうだけど、暗闇で登るっていうのがコンセプトの発注だから。ヘッドランプも持っていって必要時は点《つ》けるし、ちゃんと気をつけて時間かけてゆっくり登るよ。月や星の灯りで完全な暗闇じゃないらしいから、そんな心配してくれなくても大丈夫だよ。一応昼間明るいときに同じコースを登って下見して、麓《ふもと》の駐車場に戻って夜まで仮眠して、また深夜に本番で登り始めるつもりなんだ。俺、編プロ時代に山歩きのガイドブックも担当してて、自分でも登ったりしてたから、まだ勘があると思うし』

佳人の声には経験に裏打ちされた自信も感じられたが、高校時代は体育が苦手だった印象が拭《ぬぐ》えず、

「……えっとさ、その取材って編集さんやカメラマンさんも同行するの？」

ともし同行者がいればなにかあってもなんとかなるだろうと思いながら問うと、『いや、俺ひとりだよ』とあっさり返され、

「え、ひとり⁉　ちょっと待って、夜の山にひとりで行くなんて、絶対危ないよ！」

と思わず声を張り上げてしまう。

富士山のような御来光目当ての登山客が夜間も大勢いるメジャーな山ならまだしも、いくら都下《とか》のハイキング向きの低山でも夜はひと気《け》もないだろうし、暗闇で道に迷って滑落《かつらく》したり、以前奥多摩にツキノワグマが出たというニュースがあったし、最近はあちこちで凶暴なサルの群れが民家まで出没《しゅつぼつ》したりしているし、駐車場で仮眠している姿を不審者に見られて、尾《つ》けられて深夜の山中で襲われたりしたら……、と怖ろしい想像がかけめぐり、単独行なんて絶対させられない、と青ざめる。

「佳人、その取材、俺も一緒に行かせて。仕事の邪魔はしないし、ただ一緒にくっついてくだけだから。車も俺が出すし」

恋人の身を守るのは自分の務めだと強い使命感に駆られて申し出ると、

『え、いいの？　そりゃ、おまえが一緒に行ってくれたら心強いし、レンタカー借りなくて済むから助かるけど、せっかくの休みなのに、俺の仕事につきあわせたら悪いかなって』

と遠慮しながらも、隠しきれない嬉しげな声の調子に思わず口元がほころぶ。

「全然悪くないから、是非足に使ってよ。ハイキング自体、めちゃくちゃ久々だし、ミッドナ

イトハイクも初めてだけど、さっきのプレゼン聞いたらすごく興味引かれたし」

『ほんとに？　なんか俺も仕事を超えてすごく楽しみになってきた。じゃあ、車出してもらう御礼に、当日の弁当は俺が用意するからね。天気は大丈夫だと思うけど、念の為雨具と着替えとタオル持ってきてくれる？』

佳人のうきうきと弾《はず》んだ声に、こちらもワクワクと気分が上がってくる。

当初目論《もくろ》んでいた小旅行での初ハッテン計画は崩れたが、佳人とならどこでも楽しいプランBになるという確信がある。

きっと三苦山という山も思い出のデートスポットになるだろうなと予感しながら迎えた当日、まさかのアクシデントに見舞われ、恋人を危険から守るどころではなくなってしまったのだった。

◇◇◇◇◇

九年ぶりのクラス会を明日に控えた夜、堂上哲也《どうがみてつや》はそわそわと落ち着かず、心を鎮《しず》めるために部屋の掃除に勤《いそ》しんでいた。

明日汐入《しおいり》はクラス会に来るんだろうか、もし来るとしても、懐かしがってるのは自分だけで、向こうは俺のことなんかたいして覚えてなくて、昔仲が良かった西丸《にしまる》とべったりかもしれない……、などとあれこれぐるぐる考えてしまい、汐入が来るか来ないかはっきり分かればすこしは気が落ち着くかも、と韮沢《にらさわ》にＬＩＮＥで確かめてみることにした。

『韮沢、こんばんは、明日久々に会えるのが楽しみです。ちなみに、旬《しゅん》とか汐入は来るのかな』

一応ダミーで、中高六年間親友づきあいしていた旬の名を先に仕込んでみた。

旬が高二でスカウトされたとき、お姉さんだけが異様に乗り気で本人は深刻に嫌がっており、よく相談を受けていたし、事務所の人が説得に来る日に自分の部屋に匿《かくま》ってやったこともあったが、事務所側の執念の説得に旬が覚悟を決めてからは成功を願って応援していた。

デビュー後しばらくは近況のやりとりをしていたが、破竹《はちく》の勢いでスターになっていく旬から次第に返信が間遠《まどお》になり、たまの返信も不義理を詫《わ》びる文言《もんごん》から始まり、きっと寝る間もないほど忙しいんだろうし、どうでもいい大学の話とかは控えたほうがいいかも、と遠慮しているうちに、いつのまにか気軽に連絡を取るのもためらわれるような遠い世界の住人になっていた。

もう何年も現役《げんえき》の親友ポジションからは遠ざかっているが、たぶんブランクがあっても面と向かえば「やあ、スターくん」「やめてよ、からかうの」などとすぐ昔どおり話せる気がするので、旬とは今回のクラス会でなんとしても会って話したいとは思っていなかった。

きっとスケジュール的に来れないだろうしと最初から思っているが、汐入のことだけピンポイントに訊ねると怪しまれそうなので、旬をダシにした。

『旬が来るか聞いてくるの、おまえで十五人目ｗｗ。残念ながら、仕事で無理だって。でも汐入は来れるってよ』という欲しかった情報を入手でき、明日汐入と再会したときにすこしでも印象を良くしようとシャツとハンカチにアイロンをかけ、ジャケットにもブラシをかけ、靴も磨《みが》き、洗い流さないトリートメントもして早めに床《とこ》についたが、そわそわしてなかなか寝つけなかった。

クラス会当日、気合いが入りすぎて集合時間よりだいぶ早めに着いてしまい、配席《はいせき》は来た順に座ると韮沢から聞き、なんとか汐入が来るまで座らずに済むように、気のきく働き者を装《よそお》って南波《なんば》の手伝いをした。

クラスメイトたちがちらほら現れ始め、「お、堅田《かただ》じゃん、元気だったか？　相変わらずマイケル・ジャクソン推《お》しなのか？」などとみんなと言葉を交わし、「先に会計の北条《ほうじょう》に会費払って、奥から詰めて座ってくれる？」と勝手に誘導係になりすましながら待ち人が来るのを待つ。

ほぼ席が埋まり、残る出席予定者は汐入だけという段になってから、おもむろに席に着いた。同じテーブルに先に座っていた九石《さざらし》に、

「九石、あと汐入と北条がこのテーブルに来ると思うんだけど、北条って左利きだから、俺の

隣だと肘《ひじ》がぶつかって食べにくいと思うんだ。だから、北条は九石の隣に座ってもらってもいいかな」

と、なんとか汐入と隣になりたくてもっともらしくこじつけると、

「うん、いいよ。堂上くんって昔から気配りの人だったけど、変わらないんだね」

と本物のセレブの九石が上品に微笑《ほほえ》んでくれ、軽い罪悪感を覚えながら笑って誤魔化《ごまか》す。

……汐入、早く来ないかな。でも、結構九年で「誰やねん」くらい人相や風体《ふうてい》が激変してたクラスメイトもいるから、もし汐入が識別不能なレベルに変わってるとしたら、会わないほうが思い出を大切にできるかも。

いや、たとえ汐入がいまどんな姿になっているとしても、別にいまだに初恋を引きずってるわけじゃないし、俺はあの頃汐入の考え方や中身に惹《ひ》かれてて、見た目だけが好きだったわけじゃないいし、今日の目標は「普通の友達」になることだから、外見の変化なんて関係ない、などと思っていたとき、カラリと引き戸が開く音がした。

「こんばんは、ごめん、遅くなっちゃって。……やっぱりもうみんな揃《そろ》ってるみたいだね。俺、ビリだった……？」

入口でひょこっと中を覗き、店内を見回して二十三人の視線を一斉に浴びて軽く首を竦《すく》めた相手を見た瞬間、ドギュンと心臓が一回転した気がした。

……これは、汐入なのか……？

いや、たしかに声も面差《おもざ》しも汐入に間違いないのはわかるけど、全然「子供博士」じゃなくなってる……！

童顔なのも小柄なのも変わらないし、二十七にしては若々しく学生感も残っているが、トレードマークだったメガネをしておらず、露《あら》わになった瞳が大きくきらめき、幼げだった顔の輪郭《りんかく》も繊細《せんさい》なラインを描いている。

……どうしよう、昔のマンガチックな子供博士風の容貌《ようぼう》も可愛くて好きだったけど、いまの汐入もすごく可愛い……！　とときめきと動揺で呼吸が乱れる。

まだ乾杯もしていないのに顔が赤らむのがわかり、片手で口元を覆《おお》いながら凝視《ぎょうし》していると、韮沢が手招きして言った。

「おう、よく来たな、早く入りな。おまえが最後だけど、まだ遅刻じゃないからセーフだ。荷物や上着はそっちに置いて、その端の空いてる席に座って」

荷物置き場やテーブルを指で示す韮沢に「わかった」と頷いて、入口横で「六千円くれ」と手を出す北条に会費を渡してから汐入がこちらに歩いてくる。

ドッドッドッとうるさいくらい鼓動が騒いで緊張したが、汐入がさりげなく席の面子《メンツ》を確かめ、自分と九石を認めてかすかに困惑げな顔をしたのを見て、もしかして俺と同席は嫌なんだろうか、と一瞬ひやりと肝《きも》が冷える。

やっぱり九年ぶりの再会でも塩対応かも、と消沈《しょうちん》しかけたが、せっかくここまで頑張ったん

だから、今日は顔色を読んだりせずにぐいぐい話しかけるぞ、と決意を新たにする。
すぐそばまで来た汐入を座ったまま見上げ、

「汐入、久しぶりだね。悪いけど、俺の横に座ってくれる？　九石の隣は北条が座るって決まってるから」

と勇気を振り絞り、内心の緊張とビビリを押し隠してにっこり笑みかけると、「あ、もう決まってるんだ」と呟いて素直に横に座ってくれた。

え？　とあまりのスムーズさに思わず二度見してしまったが、時間差で（よっしゃ！　のっけから塩対応されなかったから幸先《さいさき》がいいぞ！）とテーブルの下で拳《こぶし》を握りしめる。

肩が触れそうな近さにそわそわし、やっぱり隣より斜め向かいに座ってもらったほうが顔がよく見えてよかったかな……、いや対面したら絶対ガン見して不審がられてしまう気がするから、横目で窺うくらいがちょうどいいかも、などと考えていると、韮沢が乾杯の音頭《おんど》を取った。

昔は行事の打ち上げにジュースで乾杯した仲間たちとビールのグラスを掲《かか》げあい、向かいの九石と北条とグラスを鳴らしてから、そろりと隣を窺う。

すんなり隣には座ってくれたけれど、俺とは乾杯してくれないかも……、と弱気になりながら恐る恐るグラスを近づけると、汐入もやや遠慮がちにグラスを寄せてくれ、よかった、避けられなかった、と内心感涙《かんるい》にむせびそうになりながらカチンと触れ合わせ、じぃんと喜びを噛みしめつつ喉《のど》を湿らせる。

でも今日は一体どうしたんだろう。高校時代の塩対応が嘘のように普通に接してくれて、めちゃくちゃ嬉しいけれど、どういう心境の変化があったのかさっぱりわからない。

ただ、もしここで「なんで今日は俺とちゃんと口きいてくれるの？　昔は俺のこと避けてたよね？」と聞いたりして、「そうだった、うっかり忘れてたけど、俺おまえのこと嫌いだったんだ」とまた塩対応に戻ったりしたら困るから、このまま蒸し返さずに普通の友達面《づら》を続けよう、とひそかに画策《かくさく》する。

南波の料理ができあがるたびに通路側の面子がセルフサービスで自分たちのテーブルに運ぶシステムで、食事を楽しみつつ、ひとりずつ近況報告を始める。

ひょうきんでお笑い担当だった郡司《ぐんじ》が文科省《もんかしょう》の役人になっていたり、韮沢がＪＡＸＡで小惑星探査機の研究に従事《じゅうじ》していたり、堅田がマイケル・ジャクソンとは無関係の脳外科医になっていたり、それぞれ当時のキャラに似合っていたり、意外だったりする進路を興味深く聞く。

俳優や高等遊民もいるが、名門校の卒業生らしく比較的堅《かた》い職に就《つ》いた者が多い中、汐入がフリーライターになったと告げたとき、やっぱりそっち系に進んだのか、と強く納得した。

汐入の文才は一年のときから光っていて、新聞部の活動や、読書感想文やクラス劇の脚本など、その実力は折り紙つきだった。

宮原《みやはら》先生の一件での号外も印象深いが、ほかによく覚えているのは夏休みの現国の課題で、登場人物の誰もが怪しいのに最終回でも真犯人が明示《めいじ》されず、視聴者の想像に委《ゆだ》ねる鴫原幸《しぎはらこう》の実験的ドラマの結末を、自分で犯人を決めて短篇小説にするという課題が出たとき、みんなは作中の誰かを犯人に仕立てた定石《じょうせき》どおりの展開にしたが、汐入は原作の世界線にA組三十名を登場させ、法で裁《さば》けない悪に鉄槌《てっつい》を下《くだ》すためにみんなで協力して犯行に及んだという新設定を前半と齟齬《そご》なく絡めた一篇を書きあげた。

本人は「オリエント急行殺人事件」をパクったと言っていたが、その発想に驚いたし、ちゃんとクラスメイトひとりひとりのささいな癖やいかにも言いそうな言葉を台詞《セリフ》に盛り込んでいて、普段から周りをよく見てるんだな、と感心した。

自分とは普段ろくに口もきいてくれなかった割に、作中で最後に悪役を追いつめて、『とうとう悪運にも見放されたようだね』『今夜は地獄で震えて眠れ』と旬とふたりで決め台詞を告げてとどめを刺すダークヒーローポジに起用してくれた。旬も自分もそんなことはクラスで言った覚えはないが、まさかの見せ場が嬉しくて、その後しばらく『今夜は地獄で震えて眠れ』を脳内で連呼《れんこ》していた時期がある。

とにかくやっぱり持ち前の筆力や観察眼を活《い》かせる仕事に就《つ》いたんだな、と心からエールを送りながら聞いていたが、汐入の口ぶりはこの場で堂々と胸を張って言えるような肩書きではないと思っているような遠慮がちな響きがあった。

どうしてそんな恐縮そうに言うんだ、すごく向いていると思うし、腕一本で勝負する仕事を選ぶ勇気や胆力《たんりょく》がかっこいいし、「誰にも人の生き方を侮辱《ぶじょく》する権利はない」と校内新聞に書いてたのに、自分で自分を卑下《ひげ》しないでほしいし、誰かの心に九年経《た》っても忘れずに残る文章を書くって誰にでもできることじゃないよ、と思わず熱く励《はげ》ましたくなったとき、「すごいね、汐入くん、ライターなんてかっこいいね」と九石に先を越された。

九石に他意はないとわかっているが、俺が先に言いたかったのに、と出端《でばな》をくじかれて軽く口を尖《とが》らせながらいかさしをつまむ。

全然すごくなんかないよと赤面する汐入に、「いや、充分すごいよ。汐入は昔から文才あったし」とつい前のめりに割り込むと、「……え？」と怪訝《けげん》な顔をされてしまった。

しまった、急にしゃしゃりでたら不審感全開かも、と急いでビールで口を塞《ふさ》ぐ。

そんなこと本当に覚えているのかと小首を傾《かし》げて確かめられ、思わずきゅんと胸を震わせつつ、どう答えるのが正解か秒でシミュレートする。

もちろん覚えてるし、文才だけじゃなくて、入学時は百五十八センチだった身長が三年間で百六十一に伸びたことや、通学のリュックにイルカのマスコットをつけていたことや、弁当箱が最初ミニオンズのキャラもので、二年の終わりに蓋《ふた》を落として割っちゃったから黒の無地に替えたことも覚えているし、西丸との会話を盗み聞いて仕入れた情報では、四つ上のお兄さんがいて、当時ギターに凝《こ》っていたお兄さんに『家族旅行で弟が吐いた』というバラードを作曲されて、意外といい曲だったという話も覚えてるし、体育祭でチアガールをしたとき、チアメンバー六人中、写真部撮影の生写真の売り上げが九石、湯ノ上《ゆのうえ》に続く三位だったと聞いて、俺以外にも結構買った奴いるんだ、とめらっとしたことも覚えてる、と怒濤《どとう》のように思い出が蘇《よみがえ》ってきたが、キモがられないように校内新聞の署名記事などみんなが覚えていそうな無難なことを答えた。

たくさん覚えているうちのごく一部を口にしただけなのに、「すごい記憶力だな！」と心底驚かれ、まじまじと凝視《ぎょうし》されてしまい、そんなに長く目を合わせてもらえたのが初めてで、激しくドギマギした。

当時、離れた席からでも西丸との会話に聞き耳を立てて、汐入が読んだ本やマンガや観た映画、ハマっているゲームの情報を摑み、会話の糸口にしようと同じものを入手してから「俺もあれ読んだんだ」とか「あのゲームやってみたんだけど」と勇気を出して話しかけるたび、「へえ」と真顔で言われて会話が終わってしまい、「面白いよね、あの場面とか」となんとか食い下がっても「あ、うん」とぎこちなく頷くだけでラリーが続かず、西丸とはあんなに盛り上がってたのに、と悲嘆《ひたん》にくれながらすごすご退散するしかなかったが、今日は夢か幻かというレベルで会話が続いている……！　と心の中で狂喜乱舞してしまう。

あの頃に比べたら今日の汐入の態度は神対応と言っても過言《かごん》ではないが、あまり浮かれて距離を詰めすぎたらまた塩られるかも、と慎重を期して、「これくらい普通だよ。おまえだって覚えてるだろ？」と自分ひとりが執念深く覚えているわけじゃないという態《てい》で北条を巻き込むと、視力測定時の「ポチタマ発言」に言及《げんきゅう》され、なんだそれ、可愛すぎだろ、でもなんでその現場を見逃したんだ俺は……！　と激しい後悔に苛《さいな》まれる。

本人はまったく記憶にないようで、赤くなってしきりに首を捻《ひね》っていたが、突然話題を変えて、この中に既婚者《きこんしゃ》はいるかと聞いてきた。

なんで急にそんな質問を、まさか結婚したい相手がいるんだろうかと弾んでいた気持ちが急降下する。

九石と北条が未婚で予定もないと答えると、汐入はなぜか目に見えて落胆し、

「堂上は？　おまえは絶対いまでもモテまくりだろ？　昔も男前だったけど、いまはさらにイケメン度が上がってるし」

とぐいと顔を寄せて詰め寄られ、その近さと予想外の大絶賛に内心取り乱す。

ちょっと待ってくれ、「汐入」の「汐」は「塩対応」の「しお」のはずなのに、ちゃんと昔みたいに邪険《じゃけん》にしてくれないとときめいちゃうだろ、と必死に顔面崩壊を食い止めながら、別にモテまくってないし、いまはフリーだと伝えると、「えっ、堂上も？」と露骨《ろこつ》に残念そうな顔をされた。

よく事情を確かめると、自力で書くには難儀《なんぎ》なテーマの発注が来たので参考にしたかったと白状された。

仕事だったのかと安堵するのと同時に、汐入がまだ結婚はおろか恋愛経験も皆無《かいむ》だと知って、思わずＭＡＸまでテンションが跳ね上がる。

まさかそんな、嘘だろう、こんなに可愛くて中身も魅力的な汐入がいままで一度も誰のものにもなったことがないなんて、俺のための奇跡か。

……いや、違う、なにバカなこと言ってんだ、たとえ汐入がまだ清らかでフリーでも、きっと恋愛対象は女性だろうし、俺が好きだったのも昔の話だ。

今日は思いがけずフレンドリーに接してくれてるからってちょっと浮かれすぎだぞ、と己を戒《いまし》め、なんとか「普通の落ち着いたクラスメイト」らしい態度を保とうとした。

宴《えん》もたけなわな中盤を過ぎた頃、旬が仕事先からリモートで挨拶《あいさつ》し、みんなしてただのミーハーファンと化して大盛り上がりに場が沸いた。

うまい和食と酒と笑いに包まれた和気藹々《わきあいあい》とした時間はあっという間に過ぎ、みんなで連携して後片付けを済ませた。

今日は汐入との再会が叶い、危惧《きぐ》していたよりはるかに友好的に話せて嬉しかったが、これだけで終わるのは残念だし物足りないと思ったとき、韮沢が二次会の提案をした。

汐入も行くかな、もうすこし個人的な話も聞きたいし、できれば今後にも繋げられたらいいんだけど、と思いながら目で探すと、一次会では離れた席にいた西丸が馴れ馴れしく汐入の肩を抱き、なにやらひそひそ内緒話をしていた。

……なんだあれは。まだあんなに親しげなんて、あのふたりは九年ぶりの再会じゃなく、卒業後もずっと切れずにつきあってたんだろうか……、と高校時代にも味わった胸のもやつきが再燃《さいねん》する。

……いや、だから、俺が汐入を好きだったのは昔の話で、いまは違うんだから西丸に妬《や》く筋合いはないし、西丸と汐入の関係は「ただの友情」で、恋愛絡《がら》みじゃないのは明白じゃないか、と己に言い聞かせつつ、ふたりが楽しげに囁きあい、笑いながら脇腹を小突いたりしているのを目を据《す》わらせて眺める。

二次会に行くチームでまとまって歩いていると、てっきり参加すると思っていた汐入が「じゃあ、また」と手を振って、ひとりで駅のほうに歩きだした。

えっ、帰っちゃうのか、と内心慌てて、そばにいた韮沢の肩を摑み、「ごめん、俺も用を思いだしたから、これで失礼するね。今日はほんとに楽しかった。幹事お疲れさま。また近いうちにLINEするね」と早口で言い、急いで汐入のあとを追いかけた。

まだ「ただの元クラスメイトのひとり」の域は出ておらず、なんとかしてもうすこし距離を縮めたかった。

隣に追い付き、「同じ方向なら一緒に帰ろうよ」と内心バクバクしながら誘うと、汐入は「あ、うん」とあっさり頷いてくれた。

やった、嬉しい、でも今日はどうしてこんなに普通に接してくれるのか謎すぎる。

まさか本当はまだクラス会の前夜で、こうなったらいいなという願望にまみれた夢を見ている最中か、汐入がクラス会前に路上で変な呪術師《じゅじゅつし》に出会い、「今日隣の席に座った男の言うことをなんでも聞くように」という呪《のろ》いをかけられてしまったという可能性は……、とありえない疑惑をひそかに抱きつつ、汐入の最寄駅を訊ねると、二駅違いだということがわかった。

マジか、なんてことだ、そんな近くに住んでたなんて、もっと早くに知っていたら九年も待たずにさっさと「偶然の再会」を企《くわだ》てたのに……！　と内心臍《ほぞ》を噛む。

汐入のほうも、「嘘、近いじゃん！」と目を瞠《みは》り、弾んだ声と笑顔で話しかけてくれた。

バレンタインチョコの横流しという貢物《みつぎもの》がなくても笑みかけてくれたことや、本当に心を開いてくれたような様子に感激して、胸が熱くなる。

ひょっとしたら、高校時代の汐入は旬に劣らないほどの人見知りだっただけで、別に自分を嫌っていたわけじゃなかったのかも、と思いたくなった。

考えてみれば、当時は自分だけじゃなく、西丸と新聞部員以外のクラスメイトには基本的に他人行儀だったから、汐入は単に万人《ばんにん》との人づきあいが苦手な内弁慶《うちべんけい》だっただけで、社会人になって人見知りが直ったのかもしれない。

ほんとにそうだったらいいんだけどな、と思いながら、駅のホームに並んで電車を待つ。

ちらりと隣を見おろすと、リラックスしたような微笑を浮かべており、昔は西丸と大笑いしているところに自分が近づけば、秒でスン顔になっていた汐入が俺の隣で笑ってる……！　とときめきで過呼吸《かこきゅう》になりそうになった。

あの頃も、ささいな汐入の表情や言葉に舞い上がったり凹《へこ》んだりしたな、とまざまざと蘇り、

「汐入とは……ほかのみんなともだけど、九年経ってても、会えばすぐあの頃に戻れるものなんだな」と一般論にすり替えながら、本音を匂わせずにはいられなかった。

もう汐入のことを「とっくにケリをつけた昔の初恋相手」で、「ただの元クラスメイト」から「ただの友達」になりたいだけ、なんて言い張ることはできないと思った。

たぶん俺にとって汐入はいまでも特別なんだと思う。

今日会ってみて、昔好きだった頃の気持ちがリアルタイムのように浮かんできたし、とうに気持ちに折り合いをつけたつもりでいたけれど、やっぱり心の底では諦めきれていなかったのかもしれない。

九年経って変わっていたところも変わらないところも、今日改めてまるごと好きになってしまった気がする。

でも、せっかく「普通の友達」にやっとなれたところで、ここまで来るのに九年かかったのに、迂闊《うかつ》なことをしてむざむざ台無《こ》しにしたくない。

ようやくスタート地点に漕ぎつけたんだから、当分は一歩ずつ友情を深めて、もしアプローチするとしても、勝算があると確信が持てるまでは危ない橋は渡らず、慎重に友情ベースで事を進めよう、と心に決め、地道にLINEの友達申請を乞う。

また快諾《かいだく》してもらえ、よかった、これからも不自然に思われない程度にたくさん誘って打ち解けてもらおう、と胸を弾ませる。

一応西丸とはどのくらいの間隔《かんかく》で会っているのか探りを入れると、たいして会っていないと言いつつも、充分羨《うらや》ましい頻度《ひんど》で連絡を取り合っていることが判明した。

思わず「ふうぅん」と露骨《ろこつ》に大人げない声が出てしまったが、これからは自分が西丸のポジションを奪ってやる、と心に誓う。

思い出したように西丸のために合コンで女子を取り持ってくれないかと頼まれ、内心面白くなかったが、「一回だけならいいよ」と言うと、ホッとしたように微笑まれた。

その笑顔に、昔は三年間で三回ぽっちだったのに、今日はもう何回笑ってくれただろう、と感涙を堪《こら》えながら脳内で指折りカウントしていると、ふと窓ガラスに映る斜め後方にいる女性が乗客の隙間からスマホを不自然に構えたように見え、ハッと振り返る。

ここ数ヵ月誰かに仕事中や通勤中に盗撮されて鬱陶《うっとう》しい思いをしていたが、背後の女性に見覚えはなく、たまたま撮影するような仕草に見えただけのようだった。

『ちょこマカロン』という盗撮犯が職場の同僚なら、こんな休日のクラス会の帰りまで尾《つ》けてるわけないし、ちょっと過剰反応してしまった、と被害妄想気味の己を諫《いさ》めていると、「なにか気になることでもあるの？」と隣から汐入に案じる表情で見上げられた。

気遣ってくれる気持ちがありがたくて、簡単に事情を話すと、正義感の強い汐入は真剣に対策を考えてくれ、あれよあれよという間にまさかの「恋人のフリ」をしてくれるという神展開になったのだった。

＊＊＊＊＊

初秋の晴天に恵まれたハイキング日和《びより》、佳人《よしと》のアパートまで車で迎えに行くと、クマ避《よ》けの鈴をつけた中身の詰まったリュックを担《かつ》ぎ、アウトドア用のサブバッグも持っており、

「荷物いっぱい乗せてもらえると思って、弁当、張りきっていっぱい作っちゃった。今夜と明日の朝のごはんは駐車場で食べるから、簡単にレトルトなんだけど、お湯沸かしてあったかいの食べられるようにキャンプ用のコンロも持ってきたよ」

と笑顔で言われ、佳人と食べるならなんだって御馳走《ごちそう》だから、と思いながらトランクに積み込む。

ルートを調べた際、登山口から一キロくらいのところに日帰り温泉施設があるとチェック済みなので、明朝ミッドナイトハイクを終えて下山したら、温泉に誘って生全裸を拝《おが》ませてもらいたいと野望を秘めながら国道に乗ったとき、助手席から佳人が言った。

「やっぱモテメンは運転もうまいんだな。いい車乗ってるし。俺なんか地方の取材先に行くときに、現地のバスの本数が少なかったり、バス自体が通ってないときとかにビクビクしながら

レンタカー運転してるのに。……もしこの車に会社の同僚の女子や男子を乗せたら、『さすが堂上《どうがみ》さんの車は綺麗でいい匂いがする♡』ってきゅんとしちゃうから、あとでボンネットやボディに砂かけて○×ゲームとか『可愛いコックさん』とか落書きして、バックシートにドリアンと納豆のパックとか置いとかなきゃいけねえな」

また突然非モテ講座を復活され、思わず噴き出す。

「ちょっと待って、洗車したばっかりだから、ほんとに落書きとかはやめてね。それに佳人以外乗せないから、ドリアンも置かなくていいから。どんな匂いか知らないけど」

一応窘《たしな》めると、「俺も嗅《か》いだことないけど」と口を尖らせながら、

「だってさ、おまえってほんとに隙がないんだもん。まあ、俺とふたりのときは結構隙だらけだけど。おまえと一緒にどっか行くと、必ず周りの人がめっちゃおまえのこと見るじゃん。もううんこべったりつけた豚の尻にどばっと蝿《はえ》がたかるみたいな吸引力で注目浴びてるから、やっぱモテテロリストだなぁって、ちょっと気になるんだよ」

と拗《す》ねたように言った。

喩《たと》えがひどすぎると思ったが、ほかに目移りされたくないという独占欲や執着を向けられていると思うと浮かれずにはいられなくなる。

「俺はほんとに佳人以外目に入らないから、豚の尻にどれだけ蝿が止まろうが気にしないでよ。……それに、その注目、俺だけじゃないと思うんだけど。佳人もコンタクトにして印象変わっ

たし、佳人が可愛いから、おまえのことを見てる人もいると思うよ」

俺以外の人にあまり佳人を見てほしくないけど、と自分も独占欲を漲《みなぎ》らせながら言うと、佳人は一瞬きょとんとしてからぽわっと顔を赤らめ、隣から腿《もも》をばしっと叩いてくる。

「そんなの、ただの欲目だよ。おまえしかそんなこと思わないから、よそで『俺の恋人可愛いんです』とか言っちゃダメだぞ。……だってほんとに、メガネからコンタクトに変えて三年だけど、一回もモテたことないよ」

それは周りに見る目がなかっただけだし、本当は好意を持っている人はいたのに、また高校時代のように気づかずスルーしていただけでは、と内心思う。

もし本当にモテなかったとしたら、強《し》いて言えばこぢんまりした身長がネックになったか、ちゃきちゃきした性格に色気を見いだせなかったのかもしれないが、佳人の周りの人の目が節穴《ふしあな》で本当によかった、と改めて安堵していると、

「……まあ、非モテでもそれなりに幸せに生きてたし、いまはおまえにモテてるから別にいいけど」

と薄赤い顔で付け足され、ときめきで胸がよじれる。

そのありがたい言葉を黙って噛みしめていると、「黙るなよぉ」と照れ隠しのようにまた腿を叩かれたが、さっきよりソフトな叩き方で、そのまま撫《な》でるように手を戻されてドキドキした。

しばらく車を走らせていると、佳人がつけたカーラジオから旬《しゅん》の新曲が流れてきて、機嫌良く肩を揺らして聞いていた佳人が曲が終わると同時にこちらに身を乗り出して言った。

「やっぱ旬歌うまいよね。高校んときも、音楽のテストで旬が前で歌うとうっとりしたもん、俺。ハイトーンじゃないけど、ビジュアルが天使の歌声って感じだったし、校歌でさえ旬が歌うとなんか別の曲みたいに聴こえたよね」

「……まあ、そう、かもね」

俺はおまえのほうが声変わり後のウィーン少年合唱団みたいで天使に見えたし、ちょっと旬のこと誉め過ぎじゃないのか、と軽く妬《や》けて尖った声が出てしまう。

佳人は何度か目を瞬《しばた》いてから、くすっと笑い、

「ちゃんとおまえの声もイケボだなぁって当時から思ってたってば。イケボで英語の発音もいいなんて最強だなとか、体育のバスケで1ON1やったときも、こてんぱんにやられたけど、全国まで行ったバスケ部主将とプレイしちゃったぜ～って内心ドヤってたし。面と向かっては言えなかったけどさ」

と是非とも当時教えて欲しかった心の声を聞かせてくれた。

そういえばさ、と高校時代の話から思いだされたのか、先日宮原《みやはら》先生の店にふたりで遊びに行ったときのことに佳人が触れた。

「俺、あの騒動のとき、校長先生は父兄《ふけい》や理事会に唯々諾々《いいだくだく》と従って、無慈悲に宮原先生を

切ったのかとばっかり思ってたから、こないだ先生から裏事情を聞いて意外だった」

「そうだね。俺たちからは、大人はみんな敵みたいに見えたからね」

佳人と宮原先生の哲学バーに行った際、「やだ、覚えてるわよ、真中《まなか》旬ちゃんとふたり並んで眼福《がんぷく》だった堂上くんよね！　よく来てくれたわぁ〜」と怪力でハグされ、ハイボールで再会を祝い、常連客で混みだすまで昔の話を聞かせてもらった。

当時校長先生は宮原先生がトランス女性として教師を続けられるよう理事会に掛けあってくれたそうで、却下されたあと、力及ばず申し訳ないと謝ってくれ、自分の知人の運営する進学塾の講師ならトランス女性のままで職に就《つ》けるよう口添えするが、と退職後の生活について案じてくれていたという。

宮原先生はその提案にやや揺らいだが、学校の教師なら、授業以外に生徒に自分らしい生き方について語ることもできるが、塾の講師は受験のテクニックを教えるのが仕事で、脇目もふらずに勉強していい大学に入ればいい人生が保証されるわけではなく、いろんな生き方があり、自分で好きなように道を切り拓いてほしいと教えたい自分が塾講師になるのは違うと思い、教職から離れ、実社会で疲れた人たちが気楽に悩みを吐き出せて、先人の知恵や言葉ですこしでも励ましや慰めを得られるような店を持つことにしたのだと言っていた。

五畳《ごじょう》酒場のような小さな店のカウンターの隅に先生厳選の本が置かれ、姿こそピンクのウィッグをつけてメイクをしていても中身は高校時代の穏やかで博識な先生のままで、常連客も先生との会話に癒《いや》しを求めてきているのが窺えた。

先生が煌学《こうがく》を追われたことを挫折とはとらえていない様子に安心したし、「もしかしてあなたたち……、そうなの⁉　そうでしょ⁉」と恋バナ好きの女子のように関係を打ち明ける前に見抜かれて愛あるイジリをされたが、普通の一カップルとして受け入れてもらえて嬉しかった。

「……俺、宮原先生のことを表立って守ろうとしてたのは佳人たち新聞部だけかと思ってたし、実は校長先生も味方だったとか、大人がみんな先生に冷酷だったわけじゃないってわかって、すこし気持ちが救われたよ」

信号で止まったときに隣を向いてそう言うと、佳人も「ほんとに」と頷く。

「おかげであのときちょっと減った愛校心がまた戻ったもん。どうせならもうちょい校長先生に踏ん張ってもらって、宮原先生が学校に残れるようにしてほしかったけどさ」

「うん、でもいまの先生もいい笑顔してたから、きっとこれも間違いじゃなかったんだよ。……そういや、先生、あの号外、いまでも宝物として手元に取ってあるって言ってたね」

自分も実家の机の引き出しにあるはずだけど、と思いつつ言うと、佳人は照れくさそうに頷いた。

「まさかと思ったけど、嬉しかったな。いまライターとして書いてる記事も、署名もなかったり、(S)だけだったり、さらっと読み流されて終わりのものが多いから、俺が書いたものをそんな風に大事にしてもらえてたんだって胸アツだった」

その表情にきゅんとしつつ、青に変わった信号にまた車を発進させながら、

「俺だって佳人の全記事、雑誌整理しながら熟読してるし、綴《と》じたファイルは宝物だよ。……それに俺、佳人って将来、なにか不当な冤罪《えんざい》事件とか、迷宮入りして世に忘れられた未解決事件とかを遺族や弱き者の側に立って、執念の長期取材で真相に肉薄《にくはく》する実録ルポとかを書いたり、創作とかも書けるんじゃないかなって思ってるんだけど。ほら、現国の課題の短篇小説とか読み応《ごた》えあったし」

と本気で言うと、佳人は目を瞠《みは》って数瞬黙り、またサァッと赤面してバシッと腿を叩いてきた。

「だから、おまえは俺を買いかぶりすぎなんだってば。俺なんか名もないライターで、いつオファーが来なくなるか怯《おび》えてるくらいなのに、実録ルポとか、ましてや創作なんて無理に決まってるだろ」

「いや、また自分のこと過小《かしょう》評価してるけど、佳人は筆力と正義感と根性があるからコツコツ足使った調査とか諦めずにやり遂《と》げそうだし、創作の才能もあると思うよ。俺、おまえの課題の短篇読んでから、半年くらい事あるたびに脳内で『今夜は地獄で震えて眠れ』って言ってたし」

偽《いつわ》りない気持ちを伝えると、さらにカァッと耳まで赤くしてまた腿を叩いてくる。

「バッ、覚えてんなよ、そんなこっぱずかしい台詞《セリフ》まで！　あれは一番の見せ場っつったら、

うちのクラスじゃ旬とおまえが一番しっくりくるだろうなって思って書いたけど、いろんな小説から美味《おい》しいとこどりしただけで、完全オリジナルじゃないもん」

「いや、でもすごいと思ったよ。それに俺、あの頃おまえに嫌われてると思ってたから、超イケてる役に起用してくれて、めちゃくちゃ嬉しかったし」

当時の感慨に耽《ふけ》りながら言うと、佳人は赤い顔で軽く眉を顰《ひそ》め、

「だから、当時も別に嫌ってなんかいなかったってば。心の中では『こいつほんとにかっこいいな、性格もいいし、頭も運動神経もよくて、チョコもくれるし、パーフェクトだな』ってめちゃ高評価してたよ。だから俺とは別世界の人って思って緊張して口きけなかったんじゃん」

と弁解してから、佳人は照れくさそうに続けた。

「でもいまはおまえとこんな風になんの遠慮もなく『バカ、おまえ、ボケたこと言ってんじゃねえ！』とか素直に言える仲になれて、すごく嬉しいし、当時の自分に自慢したい」

「……別にいいんだけど、喩えがいつもひどいよね。素直に言えるようになったっていう台詞の例に、それ選ばなくてもいいんじゃないかなってちょっと思うけど。でも、俺も昔は佳人に『へえ』しか言ってもらえなかった反動で、なに言われても『佳人が俺のこと豚の尻とかバカとかボケとかいっぱい話してくれてる……！』って喜んじゃうドMになっちゃったけど」

そんなことを言って笑いあっているうち、十一時半ごろ登山口近くの駐車場に到着する。

仮眠用の毛布や夜の食事などすぐに必要ないものは車に残し、弁当や飲み物などハイキング

用の荷物をふたりのリュックに分けあう。

「ヤマビルとかブユがいるかもしれないから一応虫除《よ》けしとくね」と佳人が首など肌の露出した部分と服や靴の上からも虫除けスプレーをかけてくれる。

ヤマビルなんかいたらやだな、あとクマも来ないでほしい、と思いながら靴紐《くつひも》を結び直し、万が一の緊急時に備えて登山口の看板に書いてある地元の警察署の番号を登録してからいざ入《にゅう》山《ざん》した。

◇◇◇◇◇

マカロン対策のための偽装カップル作戦の決行初日、終業後に本当に迎えに来てくれた汐入《しおいり》の姿を見た途端、演技など一ミリも入っていない本気の浮かれ具合で突進してしまった。

これから毎日こんなお迎えをしてもらえるなら、一生マカロンが盗撮をやめてくれなくてもいい、と思いながら心から礼を言うと、照れ隠しに背中をどつかれ、そのどつきにもときめいているのに、ハッと詫《わ》びるように撫《な》でられてさらに感極まる。

会って一分で既に息も絶え絶えなのに、これから食事をして並んで電車に乗って、無事家まで生きて帰れるだろうか、と懸念《けねん》していると、「ねえ哲也《てつや》」と初めて呼び捨てされた。

ズキュンと激しく高揚していると、呼び捨ては照れくさいから『哲っちゃん』『よっしー』と仇名《あだな》呼びしないかともじつきながら言われた。

ありえない提案に「『てっちゃん』はもつ鍋屋の名前と一緒だから」と即却下すると、高校時代からつきあっているカップル設定なら仇名呼びもありでは、とツボ直撃の夢設定を口にされ、軽く心が揺らいだが、仇名だと西丸《にしまる》と同じになるという一点がネックになり、呼び捨てを強行採択《さいたく》した。

歩きながら時折周囲を窺ってマカロンを探していた汐入に、ちょんとスーツの肘《ひじ》をつまんで二十センチ下から耳打ちするように顔を寄せられ、ドキンと鼓動が跳ねあがる。

ただ色っぽさ皆無《かいむ》のクソ野郎講習のはじまりで、女子からされがちな様々な質問に対し、「ゲッ、感じ悪っ、キモッ」という返答をしろ、といままでにない要求をされる。

女子に好かれたいとは思っていないので、おもねるようなことも言ったことはないが、わざわざ偽悪的《ぎあくてき》なことも言ったことがなく、なんとか講師の意に沿うような台詞《セリフ》をひねりだしてみるものの、「バカッ、違ーう！」と怒濤《どとう》のダメ出しを食らう。

が、次々繰り出される模範解答や添削《てんさく》がおかしすぎて、次はなにを言いだすんだろう、と罵《ば》倒《とう》されてもワクワクしてしまい、ビシビシしごかれながらもときめいてしまう。

夕食のレストランはいかにもデート仕様のお洒落《しゃれ》なチョイスでは下心がバレるかも、と案じて本人にリクエストを聞くと、「もつ鍋屋に行ってみたい」というので『もつ蔵《ぞう》　てっちゃん』に案内した。

見た目が倒壊寸前のバラックなので、汐入が引くようなら別の店にしようと思ったが、まるで気にする様子もなく席に着き、注文した料理をもりもり美味《おい》しそうに食べてくれた。

汐入と一緒なら、どんな場所でも夢のように完璧なデートスポットになるんだな、と感じ入りながら、油でギトギトのテーブルでばくばく食べる汐入をうっとりと見つめる。

あんまり見惚《みと》れていると不審がられてしまう、と我に返り、話の継ぎ穂《ほ》に以前ここでバイトしていた俳優の神永怜悧《かみながれいり》のことに触れると、共演していた旬《しゅん》の話に話題が移る。

「あの頃、おまえよく旬と普通に友達やれてたな。まあ、おまえも超イケてたから、神々《こうごう》しい二人組だったけど」とまた心臓に悪いベタ誉めと、あからさまに自分たちを羨《うらや》ましがるような表情を浮かべられ、そんなに好意的に思い出してくれるなら、なんであの頃は塩対応だったんだよ、とまた納得いかない思いにとらわれる。

こっちこそおまえと西丸の二人組が心底羨ましくて、なんとか親しくなりたくて頑張ったのに、させてくれなかったのはそっちだろ、と当時の切ない気持ちが蘇《よみがえ》る。

普段は酔って絡《から》むような酒癖ではないし、レモンサワー一杯で酔ったこともないが、

「佳人だって、あの頃は西丸しか友達いらないみたいなとこあったよね。俺が話しかけても『なんで話しかけてくるの、早くどっか行け』みたいな態度取られたし、俺がおまえに笑顔向

けられたの、バレンタインのお裾分《すそわ》けしたときだけだよ」

とついじとっとした目で積年の恨み節《ぶし》を漏らしてしまう。

汐入は驚いたように目を瞠《みは》って首を振り、当時はチビでメガネの雑魚《ざこ》キャラだったから、上位カーストとは緊張して気楽に話せなかっただけだと打ち明けられ、耳を疑う。

汐入が雑魚なんて、どうしてそんな事実無根の過小評価をしていたのか、まったく理解できなかった。

Ａ組はみんなそれぞれ個性強めでもまとまりがあって、上下関係なんてなかったから、自分が上位カーストなんて思ったこともないし、汐入は俺の中で燦然《さんぜん》と輝く憧れのヒーロー枠《わく》だったのに、まさかそんな間違った思いこみで塩られていたなんて無念すぎる。

できることなら時を遡《さかのぼ》って、通りすがりの謎のお兄さんになって当時の汐入に「君はすごく独創的で信念があって素敵な子だよ。全然雑魚キャラじゃないから、自信を持ってみんなと交流してごらん」と励《はげ》ましたいし、当時の自分にも「汐入がつれないのは自己認識が間違ってるだけで、おまえを嫌いだからじゃないから、まだ諦めるな」とハッパをかけてやりたい、と歯噛みしながら、

「……俺、おまえが平凡とか雑魚キャラなんて思ったことないよ。当時から、ちゃんと自分の考えを持ってる男気のある奴だって思ってた」

だから好きになったんだ、と心の中で付け足しながら真剣に伝えると、「え、なんで？」と

まるで自覚がないような鳩豆顔《はとまめがお》で問われた。

宮原《みやはら》先生の一件の一連の行動に心底尊敬の念を抱いたことを伝えると、「ほんとにおまえって無差別モテテロリストだな」と赤らんだ顔で軽く靴の爪先《つまさき》を蹴《け》られて鼓動が跳ねる。

「俺相手にさえそんな簡単に嬉しがらせるようなこと言えちゃうってことは、絶対マカロンやほかの女子にも無自覚にキュンキュンするようなこと言ってるに決まってる」

赤い顔のまま軽く咎《とが》めるような目をされ、それは、いまの俺の言葉でおまえが嬉しくなって、キュンキュンしたということ……？　と訊きたくなる。

もし俺がモテテロリストなら、狙うのはおまえだけだよ、と喉《のど》まで込み上げたとき、「明日からもビシビシクソ野郎講習続けるからな」と鬼教官っぽく告げられる。願ってもないし、末永く指導してほしいという気持ちを込めて、「どうか俺を一人前のクソ野郎にしてください」とふざけて真顔で頭を下げ、同時に噴きだす。

こんな風に汐入とずっと仲良く笑いあえるなら、友達のままでもいいかもしれないと思った。

それ以上を望んでこの関係を壊すことのほうが怖いし、あんなに遠かった高校時代に比べたら、いまはこんなに近くにいられるだけで充分満たされる。

それに当時もどれだけ塩られても好きな気持ちは変わらなかったし、これからも恋心をひた隠して友人面《づら》を保つセルフドMプレイくらい、きっといくらでも続けられる。

この笑顔を見続けたいならこれ以上は望むべきじゃない、と改めて自分に言い聞かせた。

＊＊＊＊＊

ブナやコナラの木立ちの中を、大きな緑色のテントのように頭上を覆《おお》う葉陰から射す陽を浴びながら緩《ゆる》やかな登山道を登っていく。

チリンチリンと佳人《よしと》のリュックに下がる鈴の音が一歩ごとに山道に可愛い音を響かせ、目にも爽《さわ》やかな木々の緑や小鳥の囀《さえず》りも心地よく、やっぱりたまにはどっぷり自然に浸《ひた》るのもいいな、と改めて思いながら佳人のあとに続く。

変わった形に曲がった枝や苔《こけ》むしたトトロに似た岩や途中の可愛い道祖神《どうそじん》を写真に撮ったり、ちょこちょこメモを取ったりする佳人を静かに見守りながら、自分も周りの景色を写すフリをして盗撮する。

高校時代も怪しまれないようにさりげなく遠くから写真撮ったなぁ、あの古いガラケーもたぶんまだ実家の机の引き出しにあるはずだから、今度帰ったら探してみよう、などと思いながら、時折登山道を下りてくる中高年のハイカーとすれ違うたびに挨拶《あいさつ》を交わす。

「なんかいいよね。街中じゃ知らない人に挨拶なんてしないけど、山に来ると礼儀や人情を感じるよ」

丸太の階段が続いた勾配《こうばい》の上でひと休みしながら言うと、佳人はやや眉尻を下げた。

「それが、昨今《さっこん》は結構山のモラルも落ちてるらしいよ。目の前で人が滑落《かつらく》しても、知らんぷりして自分の登山続行しちゃう人とか、たいしたことないのに救助ヘリを要請して、警察や消防のヘリがほかの救助で出払ってて、民間のヘリしかないからお金がかかるって聞いた途端『じゃあ自力で下りる』ってタクシー気分でヘリを呼ぶ登山客もいるんだって。あと高山に単独アタックする人が、登る前にベースキャンプをばっちり整えて出動したら、持ち主がいなくなった途端、テント一式盗んでネットで転売する極悪な奴もいるらしいよ」

「ええ……、ひどいな、そんな人たち、山に登る資格ないよね」

「ほんとに。でももうどこに行っても悪い奴はいるから、盗まれたくなければダサくてもデカく名前書くとか、転売できないように派手にデコるとか、自衛しないといけないらしいよ」

世知辛《せちがら》い世の中だね、と相槌《あいづち》を打つと、佳人がハタと足を止め、

「……なんか、急におまえの車が心配になってきた。やっぱり冗談じゃなく、ほんとに汚して落書きしといたほうがよかったかも。こんな山奥の駐車場にあんな綺麗な高級車が置いてあったら、車ごと盗まれたり、ホイールとかサイドミラーとか壊して持ってく奴がいるかも……！」

と青ざめられ、内心ぎょっとする。

「だ、大丈夫だよ。すれ違った人たち、みんな気のいいおじさんおばさんばっかりだったし、

オラついてる人たちが暴走するのは夜だろうから、それまでには車に戻ってるし、そもそもそんなひどい目に遭うような悪いことしてないし……」

最悪被害に遭っても、一応保険に入ってるから……、と引き攣《つ》り笑いをすると、「そ、そうだよな、おまえ日頃の行いいいもんな」とこくこく頷かれる。

それからまた歩き始め、十三時半過ぎに山頂に辿りつく。

すこし拓《ひら》けた頂上は団地の中の小さな公園ほどの広さで、山頂標識や小さな鳥居と岩の上に置かれた五十センチくらいの御社《おやしろ》、下界を見下ろせる場所にベンチがあり、屋根のある小屋に木のテーブルと椅子が設置されていた。

先客は六十代くらいの元山ガール三人組だけで、食後のおしゃべりを終えて帰り仕度をしているところだった。

横を通るときに会釈《えしゃく》すると、

「あらやだどうしよう、こんな山の上ですごいハンサムと可愛い子に会うなんて、まさかあたし召されたのかしら」

「坂東《ばんどう》さんたら、まだ死んでないわよ、本物のハンサムさんよ」

「佐伯《さえき》さんも坂東さんも、いまはハンサムじゃなくイケメンて言うのよ。……ごめんなさいね、ふたりとも。でもほんとにどっちもイケメンねえ」

色違いの花柄のストックを持った手でぺたぺた触られ、「きっと御利益《ごりやく》あるわね、若いイケメンふたりに触っちゃったから」「ありがとね、これで元気に山を下りられるわ」となにもしなくても充分元気そうな三人は手を振ってにぎやかに下山して行った。

　やや毒気を抜かれつつ、

「……すごいパワーだったね。でもやっぱりあの人たちも佳人のこと、『こんな可愛い子』って言ってただろ？　俺だけの贔屓目《ひいきめ》じゃないよ」

と言うと、「そうかなぁ、じゃあまあ素直に誉められたことにしとこ」と照れ笑いする。

「ほら、仕切り直して『着いたぞー！』って叫ぼうぜ」と佳人が手を取って駆けだす。

見晴らしのいい展望スポットに並んで立ち、

「わー、いい眺め。……あっ、あれ、スカイツリーだよね。すごく小さいけど、ちゃんと見えるね」

「ほんとだ。……あ、あっちに富士山も見えるよ」

と山頂からの眺望と達成感を満喫しながら、高校時代の登山キャンプでは、佳人と並んでいい汗かいて笑っていたのは西丸《にしまる》で、自分は指を咥《くわ》えて見ているだけだったことを思いだし、九年越しに叶った山頂でのキャッキャウフフに感無量になる。

低山《ていざん》でも充分楽しめるパノラマを堪能《たんのう》してからお楽しみの弁当タイムに移る。

晴れているのでベンチに掛け、ふたりの間に佳人が用意してくれた弁当を広げる。

三種類の大きなおにぎりに、手作りしたらしいスコッチエッグ、斜めの切り口からミックスベジタブルと鮭《さけ》フレークのカラフルな色が覗く卵焼き、揚げシュウマイ、ウインナー炒め、エビチリ、デザートにレモンの蜂蜜漬《はちみつづ》けと櫛型《くしがた》切りのオレンジ、スープジャーにあたたかい味噌《みそ》汁《しる》も入っていた。

断捨離《だんしゃり》デートの際、よくあり合わせのもので炒飯《チャーハン》や野菜炒めなど、美味《おい》しいけれど適当感強めのメニューを作ってくれるが、正直こんなに頑張ってくれるとは期待していなかった。

「すごく美味しそうだね。ありがとう、こんなにたくさん。でも朝から大変だったよね、エビチリまで作ってくれて」

自分の好物をわざわざ入れてくれたんだ、と感激に震えていると、

「あ、それ、ちゃんとしたエビチリじゃなくて、なんちゃってエビチリなんだ。昨日まで別の締め切りがあったから、エビ買いに行く暇がなくて、冷凍庫と野菜室にあるもんだけで作ったから。エビもどきはちくわとエリンギに片栗粉つけてゴマ油で炒めるんだけど、食感は割と本物っぽいから、騙《だま》されたと思って食べてみて」

とおもちゃのお菓子を本物に変えるマシンを開発した子供博士のように解説され、実はちくわだろうと佳人が自分のために作ってくれたものになんの文句があろうか、と喜びに浸《ひた》る。

おしぼりで手を拭《ふ》いてから、「いただきます」と手を合わせておにぎりにかぶりつく。

おにぎりは梅干し入りものと、ゆかりごはんを野沢菜で巻いためばり寿司風のものと醤油《しょうゆ》の香《こう》りが香ばしい焼きおにぎりで、青空の下で遠くに富士山やスカイツリーを見ながら、最愛の

恋人とふたりだけの山頂で恋人の手料理を食べられるなんて幸せすぎる、と交際を始めてから何度も感じた『ここが天国か』という感慨《かんがい》を嚙みしめながら弁当をいただく。

もしいま国民的スターの旬《しゅん》と立場を入れ替えてやると言われても即答で断るし、このポジションは誰にも譲らない、と思いながら、

「美味しいよ、このちくわとエリンギ、格付け番組の変なアイマスクで目隠しして食べたら、ほんとにエビって思う気がする」

「それはちょっとバカ舌だから、おまえが芸能人だったら『映す価値なし』になって消えちゃうよ」

と笑い合う。

デザートを食べ終わる頃、さっきまでちぎれ雲がたなびくだけだった青空に徐々に大きな灰色の雲が広がり始め、薄暗くなってきた。

「あれ、雨になるのかな」

困ったな、と心配げに呟きながらスマホで三苫山《みとまやま》上空の雨雲レーダーを検索し、

「あ、大丈夫そう。風で雲が流れていくみたいで降らないみたいだよ」

と佳人がホッとしたように顔を上げた。

「よかった。でもやっぱりこんな標高でも山の上って急に天気変わったりするんだね。そろそろ下りようか」

空の弁当箱や水筒やスープジャーなどは作ってもらった御礼に自分が背負い、午後二時半すぎに下山を始めた。

下り始めてしばらくすると、あたりにじわじわとガスが立ち込め始め、三十分くらい下ったあたりですっかり白い霧に包まれてしまった。

前にいる佳人の姿もおぼろになり、すこし離れると完全に見えなくなりそうで、

「佳人、このまま進むの危ないから、霧が晴れるまですこしここで止まって待とうよ。たしか森崎《もりさき》先生がこういうガスってずっと続くわけじゃないって言ってたし、きっとしばらく待ってれば消えると思うんだ」

と白い靄《もや》の中手を伸ばして佳人の腕に触れる。

「そのほうがいいね」と足を止めた佳人と山側の緩やかな斜面にしゃがんで休憩する。

下界はまだ遠い山中で視界を閉ざされて足止めを食らい、テンションが落ちても不思議はないのに、

「……なんかさ、スモーク焚《た》き過ぎた演歌歌手のステージみたいだね。もう誰もいないから歌でも歌っちゃおうか。気分いいかも」

と明るい声で言う佳人に笑みを誘われ、こういうところも大好きだと改めて思う。

実相寺穣《じっそうじじょう》の『穣のスットコ節《ぶし》』を熱唱する佳人に手拍子《てびょうし》と合いの手と声援を送り、ワンマンショーを数曲楽しんでいるうち、徐々にガスが薄くなってきた。

そろそろ大丈夫かな、と安堵したとき、ふと生理現象を催《もよお》してしまう。

下の駐車場の隅にやや衛生面が微妙そうな外観のトイレがあったので、下山してからしようと思っていたが、霧に阻《はば》まれてしっとりと体表《たいひょう》も湿って若干《じゃっかん》冷えたせいか、とても下まで待てそうもなかった。

完全に霧が晴れないうちにその辺でさせてもらおう、とガス越しに見える佳人の影に、

「ねえ佳人、ちょっと恥ずかしいんだけど、小のほうのトイレ行きたくなっちゃったから、そのへんでしてきていいかな」

と遠慮がちに言うと、

「あ、うん、じゃあ俺もついでにしちゃおっかな。……俺、こっちのほうでするから、おまえはあっちね」

えっ、おまえもするなら隣で連れションしたいと喉《のど》まで出かかったが、ドン引きされたくないので堪《こら》え、薄墨《うすずみ》の水墨画《すいぼくが》のように見える靄の中をすこし離れた場所まで移動し、登山道から下の斜面に向かって放尿《ほうにょう》する。

浴びせてしまった下の木々には申し訳ないが、すっきりした気分でウェットティッシュで手を拭きながら元の場所へ戻る途中、左側の山の斜面でパキッと小枝を踏む音がした。

あれ、佳人はもっとあっちにいるはずなのに、と目を凝《こ》らすと、薄靄の中、二メートルほどしか離れていない場所に大きな角《つの》を生やした牡鹿《おじか》の姿が見えた。

「……っ！」

ツキノワグマと遭遇するよりマシだが、突然予想外の近さで野生動物と目が合ってしまい、硬直する。

鹿を驚かせないようにじっとしていたほうがいいかも、と思った瞬間、「キョン！」と異様に大きな声で鳴きながらこちらにジャンプされ、思わず「うわっ！」と横に飛び退《すさ》る。

その途端、右足が道の端からずるりと滑って身体が傾《かし》ぎ、咄嗟《とっさ》に踏ん張ろうとしたが叶わず、

「え、おわぁ――――っ！」

と空《くう》を摑みながらひっくり返るように転落してしまう。

ヤバい、落ちた、と百も承知なことしか考えられず、削《そ》ぎ落としたような急勾配の斜面を頭を下にひっくり返ったまま滑り落ちる。

パニックで空白になった一瞬後、

「堂上っ、なんでもいいから摑んで止まれ――――っ！」

と頭上から佳人の必死の叫び声が聞こえた。

急斜面を暴走ソリに乗せられているかのようにリュックを背に滑り落ちながら、なぜか佳人と恋人になる前の出来事が走馬灯《そうまとう》のように浮かんできた。

◇◇◇◇◇

汐入《しおいり》は連日律儀《りちぎ》に終業後に職場まで迎えに来てくれ、一緒に過ごす時間や会話を重ねるごとに距離が縮《ちぢ》んでいくのを日々実感できた。

後で会えると思うと、クライアントの無理難題にも笑顔で応じられ、マカロンのＳＮＳに『Ｔ様、今日も上機嫌で笑顔の威力ハンパない♡』と逆に盗撮回数が増える有様《ありさま》だった。

平日のプチデートだけでも望外《ぼうがい》の幸福だったが、さらに汐入から休日に自宅にも招かれた。

こちらからねだる前に誘われてしまった、と感涙《かんるい》を堪《こら》えていると、「おまえのイメージ下げコンサルタントとして、実物を見せたほうがいいと思って。俺の部屋を見習って一ヵ月くらい片付けるのやめろ」というクソ野郎講習の一環だった。

それでも自分の中では立派なおうちデートだ、とときめきながらお邪魔すると、玄関先まで迫《せま》る本のタワーに度肝《どぎも》を抜かれる。

思わず冬の立山黒部《たてやまくろべ》の雪の壁を連想しつつ、タワーを崩さないようにカニ歩きする汐入を真似てキッチンテーブルまで移動する。

テーブルの上もテーマがばらばらな本や資料で半分占拠され、椅子の周辺も動かせるギリギリまで本で囲まれ、圧迫感といつ倒れるかというサスペンスフルな座り心地だった。

汐入がお茶を用意してくれている間にちらっとテーブルの下を覗くと、「ゴルゴ31」と「そち亀」と「食いしんぼ」のコミックスがどどんと積まれており、これを電子書籍にすれば五百冊分くらいスペースが空くのでは、と思いつつ、プチアップルティーのおもてなしを受ける。

でも本人がこれで居心地よく住んでいるなら別にいいのかも、とも思う。倒れたときの危険には対策を講じる必要はあるが、一階だから最悪床が抜けても他人を巻き込む可能性は少ないし、なによりこの部屋は絶対に恋人がいる人間の部屋じゃない点が素晴らしい、俺が初めての客みたいだし、と満足しながらお茶を飲んでいると、あれからマカロンらしき人物に探りを入れられたかと訊ねられた。

いまのところ誰からもそういう反応はなく、もし汐入が「この偽装カップル作戦じゃ効果ないみたいだからやめようか」と言いだして、プチデートができなくなったら困るな、と気を揉《も》む。

「いや、まだ」と小声で答え、急いで風坂《ふうさか》課長の件に片がついた報告をして話題を変える。

パートナーの女性のツテで信頼できる提供者が見つかったそうで、お役御免《ごめん》になったと伝えると、汐入は「よかったな」と本気で喜んでくれ、一安心した顔で、

「俺さ、おまえが風坂さんに提供した精子で生まれた子供と、おまえが誰かと結婚して生まれ

た子供が、将来姉弟《きょうだい》だと知らずに恋に落ちちゃったらどうしようとか心配しちゃったよ」と妄想逞《たくま》しい言葉を告げられ、ひそかに冷水を浴びたような気持ちになった。

汐入は全然悪くないし、友として親身になっていろんな可能性を案じてくれてありがたいはずなのに、自分が女性と結婚する前提の設定なのは、汐入の恋愛対象が女性だから、当然自分もそうだと疑わないのだろうと思われ、自分は完全に汐入の対象外なんだな、と改めて思い知らされる。

このまま気の合うノンケの友達という仮面を被《かぶ》り続けていたら、汐入は自分の想いに一生気づいてくれず、そのうち好きな人ができたと紹介されたり、結婚式に招かれて西丸《にしまる》と並んでスピーチや余興《よきょう》なんかさせられることになるかも、と暗黒の未来を思い浮かべて淋しさがこみ上げる。

自分を恋の相手に選んでくれないとしても、せめて本当の自分を知ってほしいという衝動に抗《あらが》えず、「そんなドラマチックなことは絶対起こらないよ。俺が結婚して自分の子供を持つことは一生ないから」と思わず禁を破ってゲイだと打ち明けてしまう。

口にした直後、早まったかも、と焦《あせ》ったが、汐入は昔から宮原《みやはら》先生のカミングアウトにも動じずに「その人らしい生き方を他人が邪魔する権利はない」と寛大に受け止めていたから、きっと自分のカミングアウトも嫌悪感や拒絶感を露《あら》わにしたりせず、「友」としては理解を示してくれるのではないかとひそかに期待する。

けれど、汐入は愕然《がくぜん》とした表情で身を固くしたまま言葉も出ない様子だった。

信じられないものを見るような瞳を向けられ、しまった、失敗した、やっぱり言うべきじゃなかった……、とその場に蹲《うずくま》りたいほど後悔する。

ずっと友達のままでいいと思っていたはずなのに、なんで余計なことを考えてしまったんだろう。打ち明けてドン引きされるくらいならノンケと思われたままでもよかったのに、これで友達としても距離を置かれることになるかも、と引きつるような胸の痛みを堪《こら》え、瞠目《どうもく》したまま固まっている汐入になんとか声をかける。

「ごめん、黙ってて。……こんなこと知ったら、もう恋人のフリなんてできないよね」

汐入から「もう今後は遠慮させてほしい」と言わせるよりは、すこしでも負担を減らしてあげたくて自分から切り出す。

カミングアウトは慎重にすべきなのに、汐入なら、と勝手に期待して早まってしまった。

汐入も知りたくもなかった友達の秘密を突然聞かされて戸惑っているだろうし、このことでいままでどおりつきあってもらえなくなっても責めたりすることはできない、と伏し目がちに唇を嚙んでいたとき、汐入に仕事の依頼が入る。

天の助けのようなタイミングに、「じゃあ、俺もう帰るから、仕事して」と気まずい友情崩壊の渦中《かちゅう》から一秒でも早く去りたくて即座に立ち上がり、玄関まで急ぐ。

汐入に呼びかけられたが、決定的な拒絶の言葉だったらと思うと怖くて聞けず、「じゃあ頑張って間に合わせて」と仕事を応援する態《てい》で遮《さえぎ》り、部屋を辞する。

ドアを閉めたあと、すこしだけゆっくり歩き、「待って堂上《どうがみ》、俺、いきなりだったからちょっとびっくりしただけで、別におまえのこと拒否も否定もしてないから」と追いかけてきてくれないだろうか、とわずかに期待してしまったが、ちらっと振り向いてもドアは開かなかった。

やっぱりこれで終わりかな……、と肩を落とし、虚《うつ》ろな顔でもう一度駅へ向かおうとしたとき、汐入からＬＩＮＥがきた。

『堂上、俺はこれからもずっとおまえの友人だし、マカロンが盗撮やめるまで恋人のフリ続けるからね』

まだ縁を切られたわけじゃなかった、と大きな安堵を覚えた直後、でもあくまでも「友人」なんだな、と溜息が洩れる。

いや、贅沢《ぜいたく》を言ったらダメだ、「ずっと友達」と思ってもらえるだけで充分奇跡じゃないか、と思いながら、『ありがとう、本当におまえは友達思いだな』と胸に湧いてくる切なさを押し隠して送信した。

翌日の昼休み、休憩スペースの壁に凭《もた》れて窓越しに空を見ながら、あとで佳人が迎えに来てくれたとき、どう振る舞ったらいいんだろうと悶々《もんもん》と思い悩んだ。

何事もなかったような顔で「今日はなに食べたい？」といつもどおりを装《よそお》うべきか、一応

「昨日は突然あんなこと聞かせてごめん。でも友達づきあいをやめないでくれてありがとう」と軽く触れてからいつもどおりを装うべきか、どっちがいいだろう、と考えていたとき、廊下側から風坂《ふうさか》課長の硬い声がした。

「あなた、いまなにしてたの？　ちょっとそのペン、見せてくれる？」

誰に話しているのかとそちらに顔を向けると、風坂課長が清掃スタッフの女性の肩を押すように休憩スペースに入ってきた。

「あ、あの、私、急いでるので……」と上ずった声で出ていこうとする女性を身体で阻《はば》み、

「正直に答えてくれたら長くはかからないわ。いま、あなたの持ってるペンが青く光ったのが見えたの。そういうのテレビで見たことあるんだけど、ペン型のカメラなんじゃない？　メモ書く仕草はしてたけど、持ち方が変だったし、堂上くんのほうに向けてたわよね。彼を撮ってたの？」

と風坂課長が詰問《きつもん》した。

ハッと息を飲み、まさか、この人がマカロンなのか？　と目を瞠《みは》り、

「あの、もし違ったら申し訳ありませんが、『ちょこマカロン』というのは、あなたなんですか……？」

と相手に問うと、マスクやメガネや三角布で顔のパーツがわかりにくい女性はピクッと身を固くしてから、「ち、違います」とひび割れた声で否定して、ダッと逃げようとした。

どう見ても怪しい挙動に、ふたりで押しとどめてペンを検《あらた》めさせてもらうと、やはり小型カメラだと判明し、「こういうことはもうやめてもらえませんか。隠し撮りもSNSへの投稿も今日限りやめてくれるなら、大ごとにはしませんから」と青ざめた顔でカタカタ震えるマカロンに告げると、前からやっていたと知った風坂課長が形相《ぎょうそう》を変え、

「あなた、性的な画像じゃなければ問題ないと軽く考えてたのかもしれないけど、これは立派な犯罪よ。同意なく本人とわかる画像を流すのは肖像権《しょうぞうけん》とプライバシー侵害《しんがい》だし、盗撮は迷惑防止条例違反で懲役《ちょうえき》か罰金刑だから。もしあなたが載せた画像を『これが僕です』なんて勝手にロマンス詐欺《さぎ》に悪用されて、被害に遭った人が『この人に騙《だま》されて大金を奪われた』なんて書いて拡散したら、実際に堂上くんが犯人だと信じる人も出たり、警察に聴取《ちょうしゅ》されたりする可能性もあるのよ。あなたは堂上くんを熱く推《お》してるだけのつもりだろうけど、彼が無関係の犯罪に巻き込まれたり、名誉棄損《きそん》されたり、深刻な被害を受けたらどう責任取るつもり？　よく反省して、心から彼に謝って、データも消去してアカウントも削除《さくじょ》してちょうだい。二度としないという誓約書も書いてもらうわ」

と毅然《きぜん》とした態度で申し入れてくれた。

風坂課長がマカロンの名前や住所を問い質《ただ》すと、実は同じ会社の他部署の新人で、休憩時間などに清掃スタッフに変装して盗撮していたことが判明し、とんでもないことをすると思ったが、今年一番の成績で入社した期待の新人だったし、泣いて二度としないと詫《わ》びてくれたので、

一応謝罪を信じて一度は見逃すことにした。

マカロンが逃げるように去ったあと、風坂課長に改めて礼を言うと、

「いや、参ったわね。すごく優秀な子だって聞いてたのに、こんなことするなんて。とりあえず彼女の上司にはオフレコで伝えておくわ。でも堂上くんレベルのイケメンってほんとに大変ね。……って私も厚かましいこと頼んだから人のこと言えないわね。彼女も退職したくなければもうしないとは思うけど、もしまたなにか困ったことが起きたら、今度はひとりで抱えこまずにすぐ相談してね」

と頼りになる上司の顔で請《う》け合《あ》ってくれた。

急転直下でマカロンの件に決着がつき、もう毎日迎えに来てもらう大義名分がなくなってしまったので、佳人に一報を送った。

『マカロンの件が解決したんだ。佳人にはほんとにお世話になって感謝してる。もう今日からは迎えに来てくれなくて大丈夫だから。いままでほんとにありがとう』と打ちながら、これを送ったら、プチデートだけじゃなく友達としても終わりかもしれない、と不安が大きく胸を過《よぎ》った。

＊＊＊＊＊

「堂上《どうがみ》っ、堂上ぃ――――っ!」

佳人《よしと》の絶叫にハッと走馬灯《そうまとう》から我に返り、滑り落ちながらなんとか手に当たるものを摑もうとする。

滑落《かつらく》時は加速がつく前に木でも蔦《つた》でも摑んで早く止まること、もしくは頭が木や岩に激突するのを防ぐために腕で頭を守るべしという森崎《もりさき》先生の教えが蘇《よみがえ》る。

けれど摑めたのは落ち葉だけで、なんとか首だけ必死に浮かせたとき、ドンと背中のリュックが頭より先に木にぶつかって止まった。

ひっくり返ったまま「……と、止まった……、生きてる……」と呆然と呟く。

そこは踊り場のように傾斜がなだらかになった場所で、運よくリュックの中のスープジャーや着替えや雨具が木への衝突から頭を守ってくれ、即死を免《まぬが》れる。

あちこち痛む場所はあったが、ひどく落ちた割には大怪我もせずに済み、なんとか身を起こそうとした途端、右足首にズキッと嫌な痛みが走った。

バスケ部時代にも覚えのある捻挫《ねんざ》の痛みで、上からずり落ちたときに捩《ね》じったのかも、と唇を噛んだとき、

「堂上ー! 聞こえるー⁉ 生きてるよね⁉ 返事してくれー!」

とそこからは繁った木の葉や薄靄で姿が見えない佳人の切実な叫びが聞こえた。

両肘《ひじ》で身を起こし、

「生きてるよー！　でも捻挫しちゃったみたいなんだ！」

と叫び返すと、ほっと安堵したような間のあと、

「そんならＯＫだ！　山での捻挫は怪我のうちに入らないって森崎先生言ってたし！　ちょっと待ってな、テーピング持ってるから、いま俺もそっち行く！」

と叫ばれた。

「えっ、いいよ、危ないから来ないで！　テーピングだけ抛《ほう》ってくれればいいから！」

と焦《あせ》って叫んだが、

「だってキャッチできなきゃ意味ないじゃん！　大丈夫！　下りる気になって慎重に下りるのと、鹿に驚いて落っこちるのとじゃ心構えが違うから！　なるべく下りやすそうなとこから下りるから、『佳人ー、ここだよー』って声出して場所教えて！」

と指示され、済まなく思いながら名を呼んだ。

斜面に背を預けるように斜めにバランスを取りながらすこしずつ下りてきてくれた佳人の顔を見て、申し訳なさと感謝と安堵と愛《いと》しさがこみ上げる。

転落中に見た走馬灯で、佳人と結ばれることはないかもしれないと思っていたときの切なさをありありと思いだしてしまい、いま佳人がここにいてくれることの感謝と喜びが心の底から

湧きあがってくる。

それなのに大事な恋人を危険に晒《さら》したことも、一番かっこいいと思ってほしい相手の前で最悪に無様《ぶざま》な真似をしでかしたことも情けなくていたたまれなかった。

「……佳人、ありがとう、ここまで下りて来てくれて。あとほんとにごめん、こんなことになっちゃって。……今更だけど、鹿は人を食うわけじゃないんだから別に逃げなくてもよかったし、避けるとしても山側に避ければよかったのに、焦っちゃって、ほんとごめん！」

本当は土下座したかったが、捻挫のせいで厳しいので、せめて両手を顔の前で合わせ、眉間《みけん》に押し付けて陳謝《ちんしゃ》する。

佳人は肩を竦《すく》め、

「ほんとだよ、俺たち、修学旅行のとき奈良公園でさんざん鹿見たじゃん。まあ、俺もさっきの鹿のデカい声にはビビったけど。でもおまえも派手にぶっ飛んで落ちてった割に首の骨を折るような重傷じゃなくこの程度で済んだから、まあ許す」

と苦笑し、「どっちの足やっちゃったの？　ちょっと裸足《はだし》になって見せて」とリュックを下ろしながら言った。

痛みを堪《こら》えながらそろそろと靴紐《くつひも》を緩めて右足の靴と靴下を脱ぐと、佳人はファーストエイドキットを入れたポーチを開き、テーピングテープのほかにアイシングスプレーと湿布《しっぷ》を取りだした。

「嘘、すごい、そんなのちゃんと持ってきてたんだ」

用意の良さに目を瞠《みは》ると、

「森崎先生マインドで、日帰りハイクや危険のなさそうな短いコースでも救急セットとビバークセットは必携《ひっけい》しろっていう教えを一応守ってるんだ。使わなくても持ってると安心だし」

と消毒薬や絆創膏《ばんそうこう》に滅菌《めっきん》ガーゼ、抗《こう》ヒスタミン軟膏《なんこう》、三角布、弾性《だんせい》包帯、風邪薬や鎮痛剤《ちんつうざい》や下痢《げり》止め、ヘビやハチに刺されたときに吸い上げるポイズンリムーバー、マッチとろうそく、ビクトリノックスの多機能ナイフ、裁縫《さいほう》セットにホイッスルなどがコンパクトに入った中身を見せてくれた。

なにがあっても知恵と根性で生き延びられそうな恋人に惚れ直していると、佳人はしゃがんだ自分の膝の上に裸足の右足を乗せてくれ、「折れてはいないみたいだね」とやや赤く腫《は》れた足首にアイシングスプレーをかけ、湿布を貼ってからテーピングで足首が動かないようにしっかりと固定してくれた。

もう一度靴を履《は》き直しながら、

「ほんとにありがとう、佳人。もう後光《ごこう》が差して見えるよ。……おまえがひとりで山に行くのは危険だから俺も行くなんて言っといて、こんな足手まといなことして、すごい恥ずかしいし、情けない。大迷惑かけて、ほんとにごめん……！」

と何度謝っても足りない気持ちで頭を下げると、シュッとうなじにアイシングスプレーをかけられた。

ヒヤッとした刺激にビクッとして顔を上げると、茶目っ気のある笑みを向けられ、

「もういいって。山にアクシデントは付きものだし、もし俺が落ちてたら、おまえだって必死に助けてくれるだろ。……それに俺、完璧に隙のないモテメンより、ちょっと鈍《どん》くさいモテメンのほうが好きだしさ」

とこんなみっともなく不甲斐《ふがい》ない身に泣けるくらいありがたいフォローをしてくれた。

あたりのガスはもう完全に消えていたが、日が落ちるのが早い山中では既に日が陰《かげ》りだしていた。

佳人は神妙な子供博士顔でスマホの地図と現在位置を調べながら言った。

「ねえ堂上、いま落ちてきた斜面、その足でもう一度登れる？　たぶん十五メートルくらいあると思うんだけど、俺が先に上に行ってロープを木に繋《つな》いで戻ってくるから、ロープと俺の肩を頼りに登れるかな。俺がおまえを背負って登れるくらいデカかったらよかったんだけど、ちょっと無理だから。もし上の登山道に戻らないで、ここから下まで下りていくと、駐車場とは反対側の道路に下りられなくもないんだけど、急勾配《きゅうこうばい》で途中が藪《やぶ》になってるみたいだから、痛い足で道なき道を笹漕《ささこ》ぎしながら進むより、上のルートに戻ったほうが安全だし、まだ足に負担が少ないと思うんだ」

妥当《だとう》な意見に「わかった、やってみる」と頷いて、両手を伸ばしてくれた佳人の手を借りて

なんとか立ってみたが、数歩歩いただけで痛みに顔が歪《ゆが》んでしまう。

佳人はそれを見てこくりと頷き、

「わかった。やっぱりいますぐ歩くのはやめよう。捻挫には安静が大事だし、もう今日はここで野宿しよう」

と迷いのない口調できっぱり言った。

「……え。野宿?」

「うん。森崎先生も命に関わる状況じゃなければ安易に救助要請はしないで自力で下山しろって言ってたし、もう日も暮れるし、どうせいま呼んでも救助の人も夜は来れないし、一晩ここで足を休ませよう。朝になったら痛くても頑張って歩いてもらうけど、ほんとにどうしても無理そうだったら、そのとき救助を頼んで、担架《たんか》とかで運んで下ろしてもらおう」

そう言うと、リュックから缶ジュースくらいの大きさに畳《たた》まれたツェルトと細引きロープを取りだし、てきぱきとツェルトのベンチレーターにロープを通し、適当な間隔《かんかく》の二本の木の間に結びつけて、四隅《よすみ》を小枝と石で固定して見る間に簡易テントを作り上げた。

高校時代に自分もやったが、もうすっかり遠ざかっているのでやり方もうろ覚えで、こんなに手際よくできないなと感心して眺めつつ、ハッと我に返り、

「佳人、俺はここでビバークさせてもらうけど、佳人は元気だし、ヘッドランプもあるし、車に戻って休んでいいよ。また夜中にミッドナイトハイクの取材に行かなきゃいけないんだし、

夜中になってからここを登ったり下りたりするの、危ないし」

と自分のリュックから車のキーを取りだして差し出すと、佳人はためらわずに首を振った。

「いい、もう今日は取材は中止する。まだ納期まで日はあるし、来週の天気が大丈夫そうな日にまた来ることにするよ。休日にわざわざ車出してくれた恋人が怪我して動けないのに、崖に放置するほど薄情じゃないよ。今日はおまえと普通にハイキングデートに来たことにする。ワンビバークのおまけつきで」

さばさば言って笑う恋人の思いやりに胸が詰まる。

身体は小さくてもなんて度量の大きい男なんだろう、とまた「これ以上好きになれない」という限界を更新する。

「……ほんとにいいの……？　仕事の邪魔して足引っ張るなんて、本当に申し訳なくて絶対したくないんだけど、でもここにひとりで置き去りにされるより、佳人が一緒に夜明かししてくれたらどんなに嬉しいかって、思うけど……」

相反する本音を口にすると、佳人はくすりと笑い、「そういう素直なとこ、嫌いじゃないよ」と言いながら、リュックから大きなゴミ袋を取りだし、落ち葉を拾って詰め始める。

森崎先生の教えで、ビバーク時は地面からの冷気をなるべく遮断《しゃだん》して体温を逃がさないのが鉄則なので、木の葉のマットを作っているのだとわかり、座ったまま周りの落ち葉をかき集める手伝いをする。

二袋にたくさん落ち葉を詰めてツェルトの中に敷き、さらに上から薄い銀色のレスキューシートも敷いて、フックに掛けたヘッドランプを電気代わりにして居住性《きょじゅうせい》を高めてから「準備できたよ」と呼んでくれた。

「ほんとに佳人のリュックって四次元ポケットみたいだね」と感心しながら、立つと痛いので這うように中に入る。

「堂上、靴脱いじゃうと、明日腫れて履けなくなるといけないから、だるいかもしれないけど履いたままのほうがいいかも。あと、足は上げとくほうがいいから、これに乗せて」

佳人は雨具と着替えを二着分入れて高さを出したリュックの上に右足を乗せてくれ、「一応痛み止めも飲んどきなよ」と水とともに薬を差し出してくれる。

至れり尽くせりの配慮と、滑落してからの一連の機転と頼りがいと優しさに本気で号泣《ごうきゅう》したいくらい愛が募《つの》る。

ありがたく受け取って二錠《じょう》服用し、

「……佳人、ありがとう。ほんとに大好き。おまえの存在自体に感謝しかないし、恋人になれて最高に幸せだし、死ぬほど愛してる。一生尊敬するし、一生ついてくから……！」

と本心から告げると、プッと噴き出される。

「もう、鎮痛剤でラリったのかよ。しかも『一生ついてこい』じゃなく『一生ついてく』って、全然モテテロリストらしくないヘタレな台詞《セリフ》だな」

うすく目元を赤らめながら添削《てんさく》され、

「……だって、こんな鈍くさいミスやらかしといて『ついてこい』なんておこがましくて言えないし、スパルタ講師に『堂上《どうがみ》さんてこんな人だったの？』って幻滅《げんめつ》されるような台詞しか言うなって言われてるし、それにおまえは昔から俺のヒーローだったから、『一生ついてく』で正解だと思うよ」

とにこっと笑みかけると、「……へえ」と照れ隠しのように目を逸《そ》らされる。

塩対応だと思っていたときの「へえ」とは違うトーンにじわりと笑みを深めると、佳人が急にがさごそ自分のリュックの中を漁《あさ》りだす。

「えーと、チョコでも食う？　明日駐車場に戻るまで、これとカロリーメイトしかないんだけど」

十二粒入りのチョコとカロリーメイトの箱を見せられ、

「俺も飴《あめ》とガムならあるよ。けど、いまは佳人がいっぱい作ってきてくれた弁当のおかげで、まだそんなにおなかすいてないよ」

と言うと、「じゃあいまは一粒だけね。滑落してエネルギー消費しただろうし」と箱からチョコを一粒摘《つ》まみ、口元に差し出してくれた。

ねだる前にやってくれた『初アーン』の歓《よろこ》びを噛みしめながら口を開け、ゆっくりと舌の上で溶かしながら天上の甘さを味わう。

「俺も救助でエネルギー消費したから補給しよ」と隣でパクッと自分の口にも入れている佳人をじっと見つめる。

「ん？　やっぱもっと食いたくなった？」と二つ目を摘まんで差し出され、「違うんだ」と微笑して首を振る。

「……おまえからチョコもらうの初めてだから、感慨に浸《ひた》ってた」

そう言うと、「え？」と小首を傾《かし》げてから、「あぁ」と佳人は納得したように頷いた。

「高校んときは俺がもらいっぱなしでホワイトデーにお返しもしなかったもんな。ごめんな、気が利かなくて。……けど、おまえが毎年結構でかい箱のを『いいよ、これ持ってって』って気前よくくれたから、いつも超楽しみだったんだよ。いつもは上位カーストの前だと緊張して顔が強張《こわば》っちゃってたけど、こんな立派なバレンタインチョコもらったことねえぜって嬉しくてニカニカしちゃったもん。俺がぶんどっちゃったチョコをおまえにあげたかった女子には悪いことしちゃったけど」

ぺろっと舌を出して「でももう時効だよな」と悪戯《いたずら》っぽく笑われ、その笑顔と言葉にきゅんと胸が疼《うず》く。

言うか言うまいかすこし迷ってから、

「……実はさ、二年と三年のバレンタインにおまえにあげたチョコ、俺宛《あ》てに女子がくれたものじゃなくて、自分でこっそり買ったものなんだ。塩られてると思ってたから俺からだって言

えなかったけど、おまえに渡したくて、女子のチョコのフリして、おまえが別のを選ばないようにおまえの席に行く時に紙袋の一番上に乗せて、『これを取ってくれ！』って念じてたんだよ」

とこちらももう時効の隠しごとを打ち明ける。

佳人は口をぽっかり開け、

「……嘘、マジで……？」

と目を瞠《みは》って確かめられ、こくりと頷くと、さぁっと見る間に顔を赤らめた。

その困ったような照れ顔をくすぐったい気持ちで見つめていると、「もう、見んなよ」と照れ怒りの表情で横目で睨まれ、サッと上に吊るしたヘッドランプを摑んでＯＦＦにしてしまう。

フッとツェルトの中が薄暗くなり、外がかなり暗くなっているのがわかった。

暗順応《あんじゅんのう》すれば隣の佳人の表情が見えないほどではないものの、なんでこんな意地悪をするんだと言いかけたとき、ぴたっと左腕に両腕を絡ませて肩に髪を押し当てるように身を寄せられた。

不意打ちの密着にドキリと鼓動を揺らすと、薄闇のツェルトの中で佳人が言った。

「……ありがとな、おまえがそんな昔から俺のこと好きでいてくれて、めっちゃ嬉しいし……、さっきもつい茶化しちゃったけど、ほんとは『愛してる』とか、『一生ついてく』とかヘタレなプロポーズみたいな言葉も、言ってもらえてすごく嬉しかった……」

「……佳人」

こちらこそそんな風に言ってもらえて、高校時代の自分も再会してから恋人になるまでの自分も同時に報《むく》われたように思えて、いま現在の自分も幸せすぎて胸が痛くなる。

肩にもたれている佳人の髪にすりっと頬を寄せながら、

「ほんとにおまえと一生一緒にいられたら、ほかにはなにもいらないくらい好きだよ。……けど、佳人は元々ゲイじゃないし、俺を選んでくれたことで、このさき周りの目とか、家族の反対とか、普通に生きてたら経験しなくて済む嫌な思いをすると思うんだ。それでも、できればそういうのに負けないで、俺との道を選んでくれたら嬉しいんだけど……」

と遠慮がちな言い方で重い懇願《こんがん》をする。

いま佳人が自分に好意を抱いてくれているのは実感として感じられるが、自分の想いにほだされて引きずられた形なので、今後無理解な人たちから理不尽な目に遭ったりすれば、もしかしたら自分との関係を後悔してしまうかもしれない、という不安も拭《ぬぐ》えなかった。

佳人はやや考えるような間をあけてから、

「……俺、おまえ以外の男を好きになったことないから、ほんとにゲイなのかわからないけど、おまえを好きだってことを他人から『ゲイなんておかしい、認めない』って言われても、『そうですか、別にあなたの許可は求めてません』って思うだけだよ？　宮原《みやはら》先生を糾弾《きゅうだん》した父兄《ふけい》たちだって、もし先生が言うとおりに女性としての人生を諦めて、その後先生がどれだけ生きづらかろうが、父兄は言いっぱなしで終わりだし、あのときあんなに騒いで先生を追いだした途端、速攻で忘れるようなギャラリーの言葉なんて、まともに真に受ける必要ないよね。俺たちのことも、批判や嫌悪する人もいるだろうけど、もしその圧に屈して、おまえと別れて淋しい人生を送ったとしても、誰もなんの責任も取ってくんないじゃん。俺たちの幸せは俺たちが決めようよ。どうでもいい人になに言われても俺は揺らいだりしないよ」

高校時代にも憧れた信念と潔《いさぎよ》さできっぱり言い切り、佳人は言葉を継いだ。

「まあ、もし家族に反対されたら、赤の他人にいちゃもんつけられるより、ちょっとは気にするけど、家族を安心させるためにおまえを諦める気はないよ。ちゃんと本気で伝えれば、うちの家族ならきっとわかってくれると思うし、もしダメでも『わかった、残念だけど、堂上と幸せになります』ってちゃんと言う。……こんなご時世だし、戦争とか新型ウィルスとかパニック映画級の気象災害とか平和に人生全うできるか保証もないけど、たぶんおまえと一緒なら、『いろいろあったけど、悪くなかったね』って笑いあえると思うし」

ほら、いまだって滑落して野宿中だけど、ふたりだから結構楽しいじゃん、と笑みかけられ、感極まる。

普段は穏やかで落ち着いた性格だと評されることが多いが、佳人と再会してからは感情が乱《らん》高下《こうげ》して何度も泣きたくなるような歓びや切なさを味わった。

いまはその最たる気分でじわりと瞳が潤《うる》んでしまい、さっき佳人がヘッドランプを消していてくれてよかった、と思いながら、薄暗いツェルトの中で佳人の掌《てのひら》を探り当ててきゅっと恋人繋ぎする。

「……ねえ佳人、俺さ、おまえの部屋に断捨離《だんしゃり》デートに行くたびに思ってたことがあるんだ。まだ言うの早いかなと思って我慢してたんだけど、おまえの本を全部収納できる書斎や書庫のある大きい家に引っ越して、一緒に暮らさない……?」

「……えっ?」

いきなりの提案にきょとんとした声を出す佳人の手をさっきよりぎゅっと握り、

「佳人が膨大《ぼうだい》な本を手放したくないのに捨てろっていうのは本意じゃないし、もう一冊も捨てなくていいから、広いところに移って、本棚をたくさん置いて地震対策もして安全に保存できるようにしようよ。家賃とかは気にしなくていいから。ザザって給料いいし、住居手当も手厚いから俺が全額出すし、もし心苦しいなら、いつか実録ルポでベストセラー出したら奢《おご》ってくれるだけでいいよ。佳人も片付け以外は家事できるけど、俺も家事全般得意だからなんでもするし、俺と暮らすといつも綺麗な部屋に住めるよ? 美味《おい》しいコーヒー淹《い》れるのも得意だし、とにかくおまえとずっと一緒にいたいんだ。どうかな……?」

と必死のプレゼンをする。

すぐ隣の佳人の表情がわからないほど暗くなり、しばらく黙って考えている佳人が同居の提案をどう思ったのかシルエットからは窺えず、息を詰めて返事を待つ。

言葉が耳に届くより先に繋いだ手をきゅっと強く握り返され、

「……ありがと、名案考えてくれて。いままでも、俺がなかなか断捨離できなくても怒らないでにこにこつきあってくれて、ほんとにいい奴だなって思ってたし、一冊も捨てなくていいって言ってくれて、俺の大事なものをおまえも大事にしようとしてくれて、きっと本以外のこともそうなんだろうなって信じられるし……、イケメンカフェマスターが家にいたら、あのコーヒーをいつでも飲めるのも魅力だし、俺もおまえと一緒に暮らしたいかも……。でも家賃は半額は無理でも、いまの家賃分は出すからさ」

だってもし実録ルポに挑戦したとしても、すごい先のことになっちゃうし、ベストセラーになるか保証もないし、とごにょごにょ続けられ、「かも」は付いているけれどもこれは絶対OKだと確信する。

「佳人っ……！」と突きあげる歓喜のまま身をひねって右腕で抱きしめようとしたら、右足がゴトッとリュックからずり落ちて踵《かかと》を打ち、ズキーンと脳天まで痛みが響く。

「痛《イ》ッ……！」としばし息を止めて苦悶《くもん》していると、

「もう、おまえは迂闊《うかつ》に動くなよ。俺から動いてやるから」

と苦笑する気配があり、組んでいた腕を解《と》いて向かい合うように跨《また》がられた。

両想い当日と同じポーズで腿《もも》の上に乗られ、

「……下りたほうがいい？　こんなことしたら腿から先の血流が悪くなるかな」

と佳人の形をしたシルエットにチュッと軽く唇にキスをされ、体温が二度ほど上昇する。

「……ううん、大丈夫だから下りないで。佳人を抱っこしてるほうが嬉しくて血のめぐりがよくなるし、免疫力《めんえきりょく》も自然治癒《ちゆ》力も上がるから」

絶対にここから下ろすもんか、とすっぽり腕におさまる恋人をひしっときつく抱きしめ、もう一度唇を重ねる。

「んっ……ン……」

キスはいままでも時々チャンスを見つけてしていたが、あまりエロいキスにならないようにセーブしていた。

初日に強引な口淫《こういん》をしてしまったことを反省し、佳人がその気にならないうちはがっつかないように、なるべくディープなキスも控えていたが、いまは佳人のほうから積極的に舌を挿《さ》し込まれ、内心驚きながら迎え入れる。

「ふっ……ン、……ぅ、うん……っ」

チョコレート味の可愛い舌で口中《こうちゅう》を夢中で舐《な》めまわされ、こちらも夢心地で絡《から》め返す。

「……どうしたの……、嬉しいけど、珍しいね、佳人のほうから、こんな……」

息継ぎの合間に両手で髪をまさぐりながら囁き声で問うと、

「……だって、『愛してる』って言ってくれたし、『一緒に暮らそう』も言ってくれて、すごく嬉しいから……、でも『俺も愛してる』はまだ照れくさくて言えないから、態度で示してるんだよ……」

と可愛くてならない言い訳をされ、「言ってるよね」とつっこむこともできず、あまりの嬉しさとときめきにさらに熱く舌を絡め取って啜《すす》りあげる。

気が遠くなりそうに気持ちよくて幸せな長いキスを交わし、はぁはぁ肩を喘《あえ》がせながらようやく唇を解《と》くと、

「……堂上くん、こんなとこで大きくしたらマズい部分の血流がよくなってますけど」

とふざけてからかうような、ちょっと困ったような声で指摘された。

「……汐入《しおいり》くんにあんなキスされたらしょうがないと思います。それに汐入くんもちょっと血流がよくなってると思います」

こちらもふざけてHRのような語調で言いながら、腰を突き出し、上に乗る佳人の尻を引き寄せる。

ぐりっと密着させると「アッ…！」という戸惑いと、まごうことなき発情を孕《はら》んだ声を上げられた。

「……ねえ佳人、そろそろ俺と『初ハッテン』してもいいかなっていう心の準備、できてきた……？」

額を寄せて訊ねると、佳人はコクッと小さく息を飲み、ぎこちなく頷く。

「……えっと、もちろんこんなとこじゃしないけど、一応身体の準備はちょっとずつしてるよ

……？　おまえがなかなか『そろそろどうかな？』とか言ってこないし、キスも帰り際の挨拶《あいさつ》みたいな軽いのばっかりだから、まだそんなに切羽詰《せっぱ》まってないのかなと思って、おまえから家に誘われるまで待ってたんだけど……」

「え？　……えぇっ⁉」

またまさかのありえない事実誤認《ごにん》の思いこみによるすれ違いに目を剝《む》いて叫ぶ。

「嘘、待ってたの⁉　俺も待ってたよ！　めっちゃ切羽詰まってたし、おまえが『いいよ』って言ってくれるまで我慢しなきゃって根性で耐えてて、キスだってエロいキスしちゃったら辛抱《しんぼう》たまらなくなるから抑えめに……じゃなくて、自分で準備、してくれてたの……？」

重大な発言をスルーしそうになり、慌てて聞き返す。

この部分を？　とするりと尻の狭間《はざま》に手を滑らせると、ビクッと腿の上で佳人が跳ねる。

「……う、うん。だって、たぶん俺が挿れられる側だろうし、おまえにやらせると、なんかめっちゃエロく馴《な》らされそうだから、風呂に入ったときとかに頑張って自分でやってた」

「……」

なんということだ、心の準備だけでももっと時間が必要なのかと思ってたのに、すでに身体の準備まで進めてくれてたなんて……、もちろん俺にやらせてくれたら全身全霊で痛くないように時間をかけて尽くす気だったけど、と思いながら、

「……そ、それで、開発はどれくらい進んでるの……？」

と思わず進捗《しんちょく》を探ると、

「んーと、おまえのでかそうだから、全部は無理かもしれないけど、一応指は三本入った」

という返事のすべての文節に滾《たぎ》ってしまい、密着した部分が限界まで硬くなる。

ちょっとすごい硬いの当たってる、とうろたえ気味に腰を引かれそうになり、ぐっと両手で阻《はば》み、

「……ねえ佳人、『こんなとこじゃしない』って言われたけど、どうしてもここでいますぐハッテンしたいって言ったら、俺のこと嫌いになる……？　でも指三本まで来たらもうほぼ準備ＯＫだし、佳人のここも、すごく硬いよね……？」

と両手で尻を引き寄せながら前をぐりぐり押し付ける。

佳人は焦ったように首を振り、

「ちょっ、待って、ダメだよ、ほんとに……。だってシャワーもないし、ローションもゴムもないし、おまえ捻挫してるし、さっき外でキューキュー小動物の鳴き声がしたし、合体してる最中にもしクマに襲われて死んだら、発見されたとき超恥ずかしいじゃん……！」

と必死にダメな理由を列挙される。

いつもの自分なら「たしかにそうだね」と同意して引き下がったに違いないが、いまは佳人から『俺も愛してる』や『俺も一緒に暮らしたい（かも）』、『自分で準備してた』、『おまえから誘われるのを待ってた』、『堂上と幸せになります』などなど、とてもまともな精神状態では

いられない奇跡の言葉の数々に完全にリミッターが外れ、

「ねえ佳人、忌憚《きたん》ない俺の意見を聞いてくれる？　ここにシャワーはないけど、ウェットティッシュとおしぼりがあるし、着替え一式もあるよ。それに俺、洗ってない佳人の全身喜んで舐《な》めれるし、どうせクマに襲われて死ぬなら、ハッテンせずに死ぬより、最中に食われたほうがまだマシな気がしない？　もし合体中の遺体で発見されたとしても、もうその頃俺たち魂になっちゃってて恥ずかしいって感情は残ってないから平気だよ。捻挫は佳人が協力してくれたら足動かさずにいろいろ出来るし、それに俺、普段からちょっと爪が割れやすくて爪用ハンドクリーム持ってるし、実は、明日日帰り温泉に誘う予定で、佳人が『堂上、いい身体してんなぁ』ってもしその気になってくれたら、ワンチャン、ホテルに寄れるかもって期待して、一応ゴム持ってきてるんだ」

　となりふり構わぬ説得を試《こころ》みる。

「……」

　しばし呆れたような沈黙のあと、

「……そこまでヤリたいって気持ちを隠さないのも、残念さを通り越していっそ清々《すがすが》しいし、救急セットは持ってこないくせに、そんなもんだけ用意がいいなんて、とんだクソ野郎だけど、おまえにクソ野郎講習しちゃったの俺だし……、もうしょうがないから責任取って、ここでハッテンしてもいいよ……？」

と男気と度量のある恋人は苦笑気味に願いを聞いてくれたのだった。

＊＊＊

「んっ、ン……、アッ、も、嚙むなよぉっ……！」

「……ごめん、佳人の乳首が可愛くてつい……」

裸の胸で尖《とが》る乳首を詫《わ》びるように舌で慰めながら、反対側の乳首を指で捏《こ》ねまわす。

始める前、「人工的な光を見せたほうがクマが寄ってこないかもしれないよ」と言いくるめてヘッドランプを点《とも》すことに成功したので、全裸に剝《む》いた佳人の身体がよく見える。

自分の唾液《だえき》で濡れた赤い尖りにうっとりと吸いつき、唇に挟んで尖端に当てた舌先を素早くれろれろ動かすと、

「アッ、ん……なんか…きもちぃかも……それ……ンンッ」

と素直に口走ってくれ、軽く爪弾《つまび》くだけで素敵な音色を出してくれるいい楽器のような反応に愛撫の手が止められなくなる。

唇と指で左右の乳首を愛《め》でながら、密着させた腰をうねらせると、上半身だけ脱いだ自分の背中にしがみついておずおず尻を揺すってくれる。

腹筋に当たる佳人の尖端が先走りで潤《うる》んでいるのがわかり、またしゃぶらせてほしくてじゅ

わりと口の中に唾《つば》が湧く。

「ねえ佳人、またここを、口で可愛がってもいい……？」

乳首を弄《もてあそ》んでいた片手を性器に這わせて軽く扱《しご》くと、「んぁっ……！」と首を仰《あお》のかせ、しばしためらうような間のあと、「えっと、その、今日は、俺がしてやる……。前に俺だけしてもらっちゃったから……」ともじもじ言い出してくれた。

「えっ……！　いや、そんな、嬉しいけど、俺こそ洗ってないし、佳人にそんなありがたいことされたら、たぶん秒で暴発《ぼうはつ》しちゃうから、今日は遠慮しとくよ」

前立てを開けただけの性器がその申し出だけで爆《は》ぜそうなほどときめいたが、必死に自制すると、佳人はおかしそうに眉を上げ、

「いいよ、俺だって前にされたとき速攻でイッちゃったし、さっき一応お互いおしぼりで身体拭いたじゃん。それに、もし灯《あか》りつけててもクマが襲ってきたとき、俺にフェラされてから死ぬのとされないまま死ぬのとじゃ、されてから死ぬほうがよくない？」

と考えるまでもない二択に瞬時に答えを変更する。

ただ、やはり拭いただけのものを生でしていただくのは恐縮すぎるので、ゴムをつけてからにしようとすると、

「いいよ、まだつけなくて。だってなんとなくゴム越しに舐めるの、バイブとか舐めるみたいな気になりそうだし、どうせやるなら直《じか》にしたいし」

と可愛げと男気のあることを言い、腿の上から下りて無傷の左脚を拡《ひろ》げた間に入り込み、潔《いさぎよ》く握ってためらわずに唇を寄せてくれた。

「……はっ、ぅ……ッ！」

ぺろっと尖端を舐められ、『ここが天国か』カウントを百連打しながら呻《うめ》いてしまう。まるで初めてされたかのような未経験の快感で、最愛の人にしてもらうのはこんなに気持ちいいのかと感動に息を飲みながら、拙《つたな》さも魅力の奉仕を一秒でも長く味わおうと歯を食いしばって悦《よ》さに耐える。

根元を両手で握って扱きながら、ひらひらした舌で全長を舐めてくれ、ちゅぷっと音を立てて亀頭《きとう》を銜《くわ》えられ、『ここが天国か』カウントが測定不能になる。

「んっ……ふ、……んくっ…ぅんっ……」

頭を揺らしてしゃぶってくれる直截的《ちょくせつてき》な快楽と、その口元の視覚刺激と、耳を愛撫してくれる喉声《のどごえ》のすべてが気が狂いそうに気持ちよかった。

限界寸前まで耐えてから、両頬を手で挟んで永遠にいたいほど心地いい場所から自分のものを抜き出す。

肩を上下させながら「……なんで？　まだ達《い》ってないのに……、下手すぎた……？」と上目で問う佳人の両脇に手を入れて引き寄せ、

「まさか、最高に悦かったよ。でも、クマに襲われる前に佳人の中にも挿れてほしいから、涙

を飲んでフェラはここまでにしとく」

と感謝のキスをする。

「じゃあ、ちょっとお尻こっちに向けて四つん這いになってくれる？」

興奮で声が裏返りそうになるのを必死に隠し、お願い口調で言いながら両腕でくるりと反転させて力業《ちからわざ》で都合のいい姿勢を取らせる。

恋人が自分と繋がろうと二ヵ月かけて秘密の準備をしてくれた愛《いと》しい場所にうっとりと舌を伸ばしてひと舐めすると、

「ちょっ、バカッ、爪用クリーム使うんじゃないのかよ……っ！」

と驚愕と抗議の声を上げて身をよじられる。

「うん、でも先に佳人が俺のを生で舐めてくれた御礼をさせて」

「や、いいよ、そんな御礼……あっ、ちょ、待っ、んあぁっ……！」

這って逃げようとする腰を掴んで抵抗を阻《はば》み、綺麗な色の後孔《こうこう》を舐めまわし、同時に揺れる性器にも手淫《しゅいん》を施《ほどこ》す。

「やっ、ぁん…こんな……も、バカぁ……ひぁあっ……ん！」

バカとそしられても可愛い孔《あな》を愛《め》でるのをやめられず、いつクマに殺《や》られても後悔しないようにに遠慮はしない、と本能に従って中までにゅくりと舌を潜《もぐ》り込ませて抜き差しする。

いや、ダメ、バカ、舌抜け、と半泣きで訴えられても、後ろも前も感度よく反応しているのを証左《しょうさ》に、やめてあげずに可愛がりたい放題可愛がる。

舌での愛撫を満足するまで続けてから、ご要望のクリームをたっぷり指に纏《まと》わせてもう一度中に忍ばせる。

あたたかくて狭い襞《ひだ》を優しく辿《たど》り、目当ての場所を探り当てる。

「あっ……、ちょ、そこ…、ヤベ、きもちい……っ！」

素直に快感を口走って腰を震わせる恋人に、愛おしく尻たぶにキスしながらさらに前立腺を刺激する。

にゅぐにゅぐと中で指を蠢《うごめ》かせ、きつく締め付けてくる内襞の感触や、「あっ、アンッ」と悶《もだ》える可愛い喘ぎに陶酔《とうすい》する。

指を増やし、とろとろに蕩《とろ》かせて、決して痛ませないようにしようと時間をかけて拡げていると、

「……ど、堂上ぃ……も、い…、挿れ…て、い…よ……、だって、早くしないと、クマが来ちゃうかも、しんないしっ……」

と涙目で振り向きながら急《せ》かされた。

あまりの可愛さに精神的に射精しながら速攻でゴムをつけ、腰を抱え起こしてふたたび対面座位になる。

「ごめんね、今更だけど、初めてなのにこんな場所で、こんな体位で」

改めて申し訳なくなって謝ると、佳人はくしゃりと苦笑して、

「ほんとに今更だし、場所や体位だけじゃなくて、シチュエーションもとんでもないから、絶対一生忘れない初ハッテンになるよ」

と両肩に乗せていた手で両耳を摑まれ、きゅっとからかうように引っ張られた。

もうなにをされても好き、と思いながら、爪用クリームの残りを全部手に取って佳人の後孔と自分のものに塗りたくる。

両手で小ぶりな尻を抱え上げて入口に照準を合わせ、

「佳人、ずっと片想いしてたおまえとこうなれて、いまクマに襲われても悔いはないよ」

と本気で告げると、「いや、いまはやだよ。ヤッてからならともかく」とつっこまれ、ぐっと佳人のほうから潔《いさぎよ》く腰を落として受け入れてくれた。

「……ぅあっ……！」

それからはもう、文字通り「ここが天国か」という別世界に誘われる。

恋人の中も外もすべてが可愛くて気持ちよくて嬉しくて幸せで、全身の肌だけでなく目からも汗が滲《にじ》む。

初めて男を受け入れた華奢《きゃしゃ》な身体に遠慮して、今日はあまり奥まで入れないようにセーブするつもりだったのに、「い、いいよ、だいじょうぶ、全部入れても……」と佳人が許してくれたので、最高の締まり具合を根元から尖端までのすべてで味わわせてもらう。

「……ん、…はっ…、ね、佳人、ちゃんと、気持ちいい……？　俺は死ぬほど気持ちいいよ……」

ぐちゅぐちゅと入口が泡立つほど抽挿《ちゅうそう》を繰り返し、唇が届く範囲のすべてに口づけながら問う。

「アッ、あっ、…えと、なんか、わかんな…けど、おまえの…当たると、すご…いい、かもっ、んぁっ……！」

「……どうしよう、クマに殺られる前に、嬉しくて、可愛くて脳が爆発するかも……っ」

興奮と快感でＩＱが０になりながら、佳人の腰を掴んで上下に揺すり、自分の腰も振り立てる。

「あっ、んぁっ、きもちい……、堂がみ…あぁ、んっ……！」

「ねえ佳人……、クマが来る前にもうひとつだけ叶えてほしいことがあるんだけど……、苗字じゃなく、『哲也《てつや》』って呼びながら達《い》ってくれない……？」

肩で喘ぎながらねだると、照れ屋の恋人はかぁっと赤面して眉を顰《ひそ》めたが、最後にはちゃんと願いを聞き届けてくれた。

＊＊＊

ふたり同時に達したあと、ここが山の中腹《ちゅうふく》の樹林帯《じゅりんたい》で、野宿中の簡易テントの中だとか、そんな些事《さじ》はどうでもいいくらいの多幸感《たこうかん》と充実感に充たされる。

くったりともたれてくる佳人の髪に顔を埋《うず》めながら、

「……佳人、大丈夫……？」

と甘いピロートークをはじめるつもりで囁くと、

「……大丈夫なわけねえだろ。汗とかアレとかでびしょびしょだし、風邪引く前に早く身体拭いて着替えたいけど、力入んないから手伝え……！」

とびしびし指示される。

やっぱりこんなところで強引に迫《せま》ったから怒っているんだろうか、と焦りながら、ウェットティッシュをすこし手で温めてから恋人の身体を拭《ぬぐ》い、新しい服を着せて夜の防寒用に雨具を着せ、自分も座ったまま手早く身支度して雨具の上着を着こむ。

水を飲んでチョコで糖分補給もしてから、朝まで横になって休むことにした。

腕枕をしてなるべくぴったりくっついて横たわり、下に敷いていたレスキューシートの左右の端を持ち上げてホイル焼きのようにふたりの身を包む。

薄くても毛布二枚分の保温力があるレスキューシートを布団代わりにして寝る体勢を整えてから、

「佳人、無理させてほんとにごめんね。お詫《わ》びに俺が寝ずの番して、一応クマ対策に起きて聞き耳立ててるから、安心して眠って。もし外で獣《けもの》の唸《うな》り声とか聞こえてヤバそうだったら起こすから」

と低姿勢に休息を促《うなが》す。

本当はクマが来る確率は低いと思っていたし、初ハッテンの歓びと興奮でとても眠れそうもなく、合体だけでなく滑落救助も含めて疲労困憊《こんぱい》させてしまった恋人にすこしでも休んでほしかった。

佳人は鹿爪《しかつめ》らしい子供博士顔で腕枕の上で頭の位置を調整しながら、

「わかった。じゃあ三時間交代で寝ずの番することにしよう。疲れたから遠慮なく先に寝かせてもらうけど、時間になったら起こして。でもその前でもおまえが眠くなったら起こしていいよ」

とふわぁとあくびをしながら言った。

つい十分前までエロ可愛く乱れていたとは思えない、すっかりいつも通りの態度に、もしかしてたいして行為が悦くなかったんだろうか、とやや不安になり、ちらっと上から見おろすと、薄いレスキューシートの縁から覗く顔がボッと赤くなり、サッと照れたように目を逸《そ》らされた。

本当は照れくさいのにどうしたらいいかわからず、必死にいつも通りを装っていたのだとわかり、あまりの可愛さにぎゅっと掻《か》き抱いておでこにチュッとキスをする。

つい浮かれて思い出の台詞を言いたくなり、「今夜は俺の腕の中で震えずに眠れ」とアレンジして耳元で囁くと、きゅんとしてくれるどころかブフッと噴きだされ、「森崎先生ー、堂上くんがなんかバカなこと言ってます」と仮想HRの議題にされてしまった。

＊＊＊

三時間で交代する気は最初からなかったので、朝が来るまで一睡もせずに佳人の寝顔を眺めて幸せな夜明かしをした。

時折どこかから鹿やタヌキやハクビシンのような鳴き声が聞こえたが、幸いクマは寄ってこず、無事朝を迎えることができた。

まだ薄暗い早朝に佳人が目を覚まし、「あれ、ごめん、三時間以上寝ちゃったかも」という起き抜けの可愛い寝ぼけ顔にときめいてキスをする。

いま出動すると朝日が昇るところが見えるかも、という提案に賛成し、これから下山まで、どんなに捻挫が痛くても絶対に佳人に迷惑かけずに駐車場まで行きつくぞ、と心に誓う。

佳人はもう一度テーピングをやり直してくれ、靴の上から三角布でも足首が動かないように補強してくれ、登りやすいように等間隔《とうかんかく》に結び目の瘤《こぶ》を作ったロープを上から下げてくれ、なんとか登山道までよじ登った。

捻挫の痛みは、木々の隙間から東の空に浮かぶ真っ赤な朝日が見えたとき、一瞬で忘れた。

山全体を赤く染める朝日の美しさにふたりでしばし言葉を失くして見惚《みと》れる。

惜しむらくは、もし自分が転落さえしなければ、ミッドナイトハイクを完遂《かんすい》して山頂でこの朝日を見れたかもしれない、とまた済まなく思ったとき、

「綺麗だなぁ。きっとひとりで見ても感動したと思うけど、やっぱりおまえと一緒に見たほうが絶対綺麗に感じる気がするし、ふたりで見れてよかったよ」

と朝焼けを浴びて全身赤く染まった恋人に照れた顔で笑みかけられた。

思わずまた幸せすぎて泣けてきそうになり、慌てて朝日に目を戻す。

真っ赤な丸い太陽が、ふと線香花火の火球のように見え、あの頃一度落ちてしまった初恋の花火が、いまはちゃんと咲いたぞ、と高校時代の自分に報告したくなった。

あとがき

AFTERWORD

—小林典雅—


こんにちは、または初めまして、小林典雅と申します。

本作は高校の元同級生がクラス会での再会を機に、初恋を実らせるラブコメディです。

ネタが思いつかないとき、歌の歌詞からヒントを得たりするのですが、今回は斎藤和義《さいとうかずよし》さんの『ずっと好きだった』から妄想を膨《ふく》らませて、佳人《よしと》と堂上《どうがみ》のお話を考えました。

歌のとおりクラスのマドンナ的な受に片想いしていた攻だとまんますぎるので、非の打ちどころのないイケメン攻（実は内面はいろいろおかしいけど）のほうが、雑魚《ざこ》（と自分で思っている）受に片想いしていたという設定にしました。

一話目の堂上は一応まともなスパダリなのに、二話目では怒濤《どとう》の脳内トークを繰り広げ（私の攻にはよくいるタイプなのですが）、受を好き過ぎてすぐ感涙《かんるい》にむせぶ攻にしてしまったうえ、山であんな目に遭《あ》うのはさすがに攻としてダサすぎかも、とすこし気にしていますが、受のいうことなすことにいちいち感激してうるっとする攻って可愛いな、と萌えながら書きました。徹頭徹尾《てっとうてつび》かっこいいままの攻を書けなくて恐縮です。

作中に登山やキャンプのシーンが出てくるのですが、私の学生時代にもクラス行事で登山キャンプがありました。それまでインドア派で登山なんてしたことがなく、家でＢＬ読みながら待っていいですか？　と言いたいくらい苦手だと思っていて、みんなで食べる二日分の食材を分け合ってひとり十キロくらいずつ担《かつ》いでキャンプ場まで歩いて行く時点で死にそうだったし、夜は蠟燭《ろうそく》の灯《あか》りだけで百物語を聞かされたあとに真っ暗な森で肝試《きもだめ》しをさせられ、バンガローにはかまどうまが元気に飛び交ってるし、翌日は鎖場《くさりば》があるような山に登らされて、「なにが楽しくてこんな苦しいことするんじゃい！」とぜえはあしながら山頂に着くと、途中の苦労がすべて帳消しになるような見晴らしが待っていて、これが登山の醍醐味《だいごみ》なのか……！と山の魅力に目覚めました。ただ最近はぱったりご無沙汰《ぶさた》なので、また行きたいなという気持ちを佳人たちに託《たく》してみました。

　佳人たちが通った煌星《こうせい》大学付属高校というのは私の既刊をご存知のかたにはおなじみな学校でして（ほかに「グレース三国《みくに》」、「もつ蔵《ぞう》　てっちゃん」もちょいちょい登場します）、今回の「真中旬《まなかしゅん》コラボ」は佳人と堂上と同じクラスだったという設定にしました。

　この本が典雅本の初読みというかたにご説明しますと、真中旬というのは拙作《せっさく》『国民的スターに恋してしまいました』というシリーズの主役で、全国に知らない人はいないくらいの大人気スターという役どころなので、つい他のカップルもテレビで見てるとか、所属事務所が一緒だとか、いろんな形で絡めていまして（でも未読でも全然問題なく読めます）、いい加減しつこく登場させすぎかな、と自分でも思うのですが、お手紙に「今回も旬がチラッと出てきて嬉しかったです」とか「今後も毎回出してほしいです」などと書いてくださるかたがちらほらいてくださるので、つい調子に乗って、次はどう絡ませようかな、と楽しく考えてしまいます。私は割と読者様のリクエストを真面目に取り入れるタイプで（以前、『密林の彼』という作品で、雑誌掲載時に受に生の芋虫《いもむし》を食べさせたら非難轟々《ごうごう》で、文庫化時に炒《い》りました）、今回も「にっしーが佳人の親友ポジから外れてしまうのは不憫《ふびん》なので、南波《なんば》と額《ひたい》後退カップルにして救済してほしい」というリクエストがあって爆笑したのですが、叶えたいけどBLのカップルとしていかがなものかとためらわれ、見送らせていただきました。代わりに、佳人たちと同じ席だった財閥令息《れいそく》の九石薫《さざらしかおる》も読者様からリクエストをいただいて、『御曹司《おんぞうし》の恋わずらい』というお話の主役にしました。来冬頃《らいとう》文庫化していただける予定なので、よろしければそちらもお手に取っていただけたら嬉しいです。

挿絵は憧《あこが》れのみずかねりょう先生に描いていただけました。ご多忙な中、美麗なイラストを本当にありがとうございました（非モテ講座をするようなふたりですみません！）。

同級生カップルを書くのは初めてだったので、仮想HRごっこのシーンなどとても楽しく書きました。野宿Hも「そんなとこでしちゃうんかい！」と思われそうで心配ですが、担当様が「大丈夫です、そこでHしないならなんのための野宿かという話だし、ふたりはとっくに山中で立ちションもしてますし」とドきっぱりフォローしてくださったので信じようと思います（笑）。ではまた、次のビタミンBLでお目にかかれますように。

この本を読んでのご意見、ご感想などをお寄せください。
小林典雅先生・みずかねりょう先生へのはげましのおたよりもお待ちしております。

〒113-0024　東京都文京区西片2-19-18　新書館
[編集部へのご意見・ご感想] 小説ディアプラス編集部「友達じゃいやなんだ」係
[先生方へのおたより] 小説ディアプラス編集部気付　○○先生

- 初出 -
友達じゃいやなんだ：小説ディアプラス22年フユ号（Vol.84）
友達が好きなんだ：書き下ろし

[ともだちじゃいやなんだ]
友達じゃいやなんだ

著者：**小林典雅** こばやし・てんが

初版発行：2023年1月25日

発行所：株式会社 新書館
[編集] 〒113-0024
東京都文京区西片2-19-18　電話（03）3811-2631
[営業] 〒174-0043
東京都板橋区坂下1-22-14　電話（03）5970-3840
[URL] https://www.shinshokan.co.jp/

印刷・製本：株式会社 光邦

ISBN978-4-403-52568-1

国民的人気を博《はく》す若手俳優・真中旬《まなかしゅん》の、
ファンクラブ向けクルーズの添乗《てんじょう》をすることになった葛生《くずう》。
同僚の興奮をよそに冷めた態度でいたのに、
生身の彼の美しさに思わず目を奪われる。
船上でもファン全員に心を配る旬の態度に好感度は急上昇。
葛生自身もファンになりかけていた時、
ある男性ファンが行き過ぎた行動を起こす。
旬の危機を葛生が救ったことから、二人は急接近して……?

年の差シークレット・ラブ♥

文庫判／定価：682円(本体620円+税)
SHINSHOKAN

KOKUMINTEKI STAR NI KOISHITE SHIMAIMASHITA

国民的スターと熱愛中です
小林典雅×佐倉ハイジ
novel
TENGA KOBAYASHI
illustration
HAIJI SAKURA
確かな演技力に完璧なパフォーマンス、
生きた宝石のようと讃《たた》えられる美しい容姿に、
ファンへの神対応でますます国民的人気を博す旬《しゅん》。
実はネガティブ思考でへこたれやすい小心者だが、
旬の熱狂的ファンでもある
最愛の恋人・葛《くず》生《う》のためにも健《けな》気《げ》に頑張っていた。
そんなある日チャリティ写真集の
担当カメラマンからヌード撮影の提案をされる。
嫌々ながらも引き受けることになる旬だが?
シークレット・ラブ続篇登場♥
文庫判／定価：682円（本体620円+税）
SHINSHOKAN
KOKUMINTEKI STAR TO NETSUAICHUU DESU